AMES MASQUÉES

LA NOCE

Dans la même collection :

Knut HAMSUN, *Victoria, histoire d'un amour*.

Tarjei VESAAS, *Palais de glace*.

PÄR LAGERKVIST

AMES MASQUÉES

LA NOCE

Traduit du suédois
et présenté par Régis BOYER

GF
FLAMMARION

On trouvera en fin de volume une bibliographie et une chronologie.

La traduction de *La Noce*
est inédite en français.

Titres originaux :

Själarnas maskerad (*Ames masquées*)
Bröllopsfesten (*La Noce*).

INTRODUCTION

Les âmes scandinaves sont toujours masquées : c'est ce qui fait, pour nous, leur irritante fascination. Et celle du Suédois Pär Lagerkvist, contre laquelle il a tant lutté, dont les impérieuses exigences, l'encombrante présence l'ont si souvent exaspéré, avant qu'il se décide à un long, pénible effort de conciliation, de réconciliation, est particulièrement despotique. Il n'est jamais parvenu à la circonvenir tout à fait et même, simplement, à l'apprivoiser. Cette œuvre grave et dure, souvent cruelle, souvent noire, ne saurait s'entendre que comme une constante confrontation. Il l'a avoué dans une interview : « Je dialogue sans arrêt avec moi-même, un livre répond à l'autre. » C'est pourquoi on aurait tort de diviser cette œuvre abondante en « périodes » trop tranchées. Elle constitue un tout, finalement d'une remarquable unité. Elle est passée par des phases successives qui ne sont qu'écume d'une vaste mer. Mais l'inlassable mouvement de flux et de reflux dont nous allons suivre les pulsions recouvre une réalité immuable, qui est d'avoir patiemment, désespérément, systématiquement, selon les temps, essayé de rejeter ces masques, ces barrières, ces obstacles irritants :

Un étranger est mon ami, quelqu'un que je ne connais [pas.
Un étranger loin, bien loin.
A cause de lui mon cœur est plein de détresse.
Parce qu'il n'existe pas en moi.
Parce que, peut-être, il n'existe simplement pas ?

Qui es-tu, toi qui emplis mon cœur de ton absence ?
Toi qui emplis le monde entier de ton absence ?

(*Pays du Soir*, 1953.)

Je disais : âme ; j'aurais aussi bien pu noter : esprit, vie, être humain, culture, Dieu, tous ces vocables magiques et vagues parce que de contenu incertain qui accablent la conscience pensante de leur souveraine ambiguïté. Et rien n'est plus ambigu, plus difficile à traduire aussi que la langue de Pär Lagerkvist, précisément parce qu'elle s'acharne à épuiser le contenu ontologique de ces mots pour lesquels nous acceptons de vivre et de mourir.

Or, on court le risque de passer à côté de l'essentiel dès que l'on s'intéresse aux Scandinaves, si l'on oublie qu'au fond de leur psychisme il y a un amour inexpliqué, inviscéré, de la nature, de la vie, qui justifie, depuis des dizaines de millénaires, leur étonnante survie. Passé toutes les terreurs de tous les Ragnarök aussi bien que les dégoûts de nos absurdistes modernes, il reste que ces petits pays peu peuplés, non seulement perdurent, mais encore ont poussé le plus loin possible le mouvement conquérant qui les met, à l'heure actuelle, à la pointe de l'évolution de notre civilisation. Il n'a jamais été facile de triompher de la mort au-delà du 50e parallèle : quelque chose de cette victoire tenace et constamment renouvelée a bien dû finir par s'inscrire dans les fibres de tout enfant du Nord. Ne disons pas que cela va contre nature puisqu'il entre dans l'ordre même des choses de lutter pour vivre et c'est, à sa manière, un trait que Montesquieu avait bien vu. Admettons que nous ne soyons qu' « invités » de la « réalité » où nous sommes : ce n'est pas pour y tenir un rôle passif.

Encore s'agit-il, puisque cela paraît également constitutif de notre condition, de ne point errer en aveugles, de justifier, de comprendre notre état. Et ce point me paraît plus spécifiquement suédois. Au plus intime de l'âme suédoise depuis qu'elle parvient à s'exprimer, des pétroglyphes de l'âge du bronze (en Bohuslän, province que connaissait bien et qu'aimait Lagerkvist) aux théories actuelles, dûment appliquées, des social-démocrates, en passant par les grands massifs littéraires — quelle que soit leur valeur scientifique — que sont les œuvres d'Olaus Magnus ou de Johannes Magnus, d'Olof Rudbeck, d'Emmanuel Swedenborg, de Carl J.L. Almquist, de Strindberg, de Stig Dagerman, les Suédois se sont toujours appliqués, en quelque sorte, à rationaliser, à organiser de façon intelligible le Combat avec l'Ange. A expliquer, à fournir des sytèmes satisfaisants pour l'esprit, qui rendraient compte de notre présence ici-bas, qui la légitimeraient. Cette force irrépressible de vie qui meut nos reins et nos cœurs, qui rend compte de nos bonheurs, de nos amours et aussi de nos détresses, de nos échecs et de nos manques, il ne se peut pas qu'elle soit gratuite ou absurde, il faut qu'elle ait un sens. Un sens : en suédois, *en mening*. Et l'on peut dire que toute l'œuvre de Pär Lagerkvist aura été, consciemment, recherche tantôt angoissée, tantôt méthodique, tantôt sereine, mais toujours passionnée de ce *mening*. Je ne vois pas de fil directeur plus sûr pour progresser dans une telle diversité d'angles de prise de vues (Lagerkvist s'est essayé à tous les genres littéraires), une telle variété aussi de positions puisqu'il n'est pas difficile d'accumuler les citations contradictoires chez qui a choisi d'intituler un de ses livres *La Vie vaincue* (*Det besegrade livet,* 1927) et un autre *Laissez l'homme vivre* (ou : Que l'homme vive, *Låt människan leva,* 1949), l'un, *Chaos* (*Kaos,* 1919) et l'autre, *Victoire dans les ténèbres* (*Seger i mörker,* 1939). C'est dire, en d'autres termes, que cette inspiration n'a cessé de se heurter de front au problème essentiel qui est celui du Mal, de la souffrance, de la violence — problème auquel notre siècle dément aura donné un éclat particulièrement sinistre.

Aimer passionnément la vie et ses constants miracles, essayer désespérément de trouver un sens à nos comportements aberrants, individuels ou collectifs, et donc, osciller constamment entre angoisse et acceptation recueillie, entre révolte et réconciliation, telle est certainement l'entreprise à laquelle s'est attaché Pär Lagerkvist, plus d'un demi-siècle durant. Ajoutons qu'il aura volontairement agi en franc-tireur : son caractère profondément indépendant n'a jamais consenti à se ranger sous des bannières, si nombreuses de son vivant, hormis durant quelques brèves années dans sa jeunesse.

Cette originalité, en définitive, il la doit à un style : j'entends par là, non seulement une façon d'écrire, mais une manière d'exploiter les mots, les images et les symboles qui, tout en cernant au plus près l'essentiel de ce qu'il veut dire, laisse la porte ouverte à une grande richesse d'harmoniques et d'interprétations.

Prenons, par exemple, la nouvelle *Le Sous-sol* (*Källarvåningen* dans *Contes cruels,* 1924). On nous y dépeint un infirme, Lindgren, qui habite au sous-sol d'un immeuble parce que le propriétaire (*värden*) a décrété que, seules, les meilleures gens étaient dignes d'habiter là, capables de supporter d'y habiter. Et Lindgren s'accommode vaille que vaille de cet état, sa façon de supporter son malheur l'exhausse, il vaut par la souffrance acceptée qu'il assume. Mais on ne sait évidemment pas qui est ce « propriétaire » et ce qui justifie ses ordres. *Bödeln* (*Le Bourreau,* 1933) le redira à sa manière : le bourreau est en nous, est de nous, il est aussi éternel que l'espèce humaine, et *Le Nain* (*Dvärgen,* 1944) fera écho : il entre dans notre nature d'êtres méchants, il arrive même que certains s'y complaisent, en fassent le tout de notre existence. Et alors, pourquoi ? Mais alors, et l'amour, qui existe aussi, qui n'a jamais été mieux exalté, peut-être, que dans *La Noce* avec ses apprêts minables et cette mariée comblée qui, d'extase, mord, de son dentier, son bien-aimé, ou dans *Ames masquées* avec ce chien errant qui urine sur le corps du héros suicidé, à la dernière ligne ? Oui, il règne une souveraine ambiguïté dans cette œuvre, qui en fait à la fois le prix et la fascination. Peut-être, à en suivre les grandes étapes ou plutôt les infléchissements majeurs, gagnerons-nous de l'éclairer un peu mieux.

Pär Lagerkvist s'est très peu exprimé sur le compte de sa vie et de son œuvre, même une fois venue la très grande célébrité, après le Prix Nobel en 1951. Il se sera soigneusement tenu éloigné de tout débat, ne prenant que rarement part à la vie officielle, sinon par le truchement d'ouvrages à valeur symbolique (comme *Le Roi,* directement dicté par l'actualité de l'Allemagne nazie). Et on ne lui connaît pas de grands amis, confidents ou intimes, sinon parmi les artistes.

Or il s'est longuement attardé sur sa petite enfance, son milieu, sa toute première éducation, dans *Gäst hos verkligheten* (1925, titre de la traduction française : *L'Exil de la terre,* le titre dirait plutôt, littéralement : L'invité de la réalité), autobiographie à peine voilée : il est l'Anders de ce récit, comme lui né dans le Småland, à Växjö, petite ville du sud de la Suède, en 1891, dernier de sept enfants. Le milieu qui nous y est dépeint est des plus simples : de petits cheminots — le père était chef de gare de Växjö, lui-même descendant de petits paysans — menant une existence sans histoire. L'auteur met l'accent sur la religiosité surannée de ce foyer plus ou moins piétiste et teinté fortement de puritanisme : on n'y plaisante guère, l'existence est ponctuée par les exigences professionnelles, vie de la gare, passage des trains ; le soir, on lit la Bible, les psaumes notamment, en les commentant gravement. Il en restera, pour parler comme E. H. Linder, un fond de radicalisme populaire, cette sagesse des nations appliquée plus particulièrement à l'éthique en milieu puritain, et une religiosité un peu simpliste qui va constituer l'indéfectible toile de fond de toute l'œuvre. Une note nous retient pourtant : l'opposition du portrait du père, sévère et austère, incarnation de l'ordre et de la loi, et de la figure de la mère, douce, calme, silencieuse :

> « Elle était blonde, avec ses yeux clairs, gris-bleu, et ses cheveux fins séparés en bandeaux. [...] Elle était de ceux chez qui la lumière ne vient pas de l'extérieur [...]. Elle n'avait rien d'irréel ou de merveilleux, elle allait et venait dans la cuisine et les autres pièces, s'occupant, bavardant avec les enfants, faisant la vaisselle, la lessive, repassant, rien de bien particulier [...]. Le soir, elle s'asseyait pour lire la Bible ou les Psaumes, pas à voix haute mais en chuchotant pour elle-même. »

Que l'on n'aille pas, pour autant, tirer de ces notations je ne sais quelle triomphale interprétation psychanalytique. Mais il paraît clair que cette bipolarité, cette complémentarité ont fourni à l'enfant Pär l'équilibre qu'il perdra fatalement un jour. Vincent Fournier cite, fort judicieusement, dans la préface à sa traduction de *Gäst hos verkligheten,* ce poème de *Chaos :*

Mon enfant, mon enfant, je viens vers toi,
Tu es mon Père, tu es ma Mère,
Sans toi, je n'ai rien,
Je ne connais pas la paix, je n'ai pas de toit.
Ainsi faisait ma Mère,
Tu m'emmènes vers une autre Terre,
Nous retournons vers mon Père et ma Mère.

D'autant qu'il y eut aussi un frère aîné, très cher, qui l'aida beaucoup et l'encouragea : il guidera ses pas dans les années où il se cherchera.

Car Pär-Anders fut un enfant sensible et passablement retiré en lui-même, extrêmement attentif aux manifestations de cette étrangeté, de cette cruauté du monde extérieur, attitude qu'il trahira un jour dans le premier de ses *Contes cruels,* « Père et moi » : on y voit passer, dans la nuit noire lourde de terreurs, un train rapide emportant vers l'inconnu sa galerie de visages blafards collés aux vitres. Première expérience amère de la vie, certes, première apparition de cette peur irraisonnée de la mort qui ne le quittera plus, premier symbole aussi, chez ce garçon *grubblande* par nature (le terme, intraduisible, convoie des connotations de méditation incertaine de son contenu, d'introversion mal dominée) de l'arrachement, de la rupture brutale qu'implique l'émancipation de l'autorité paternelle pour plonger dans l'inconnu de l'existence, ou l'arrachement à la sécurité du foyer familial : c'est là un thème qu'il n'abandonnera vraiment jamais.

C'est que Pär, on le devine bien, a pu aussi se sentir étouffé dans cette ambiance trop réglée. Individualiste par définition (tout ce que je dirai revient à confesser une impuissance radicale à le marquer d'une étiquette, quelle qu'elle soit), il ne tardera pas à rompre avec l'ordre ancien, à émettre de graves restrictions sur ces valeurs qui sous-tendaient l'inconscient collectif du milieu où il est né. Son égocentrisme pouvait-il se plier à la règle vénérable ? Il prétend avoir perdu la foi en Dieu au lycée. Soit. Comprenons : la foi en ce Dieu de sa famille et de son enfance. Car Dieu ne le lâchera jamais et si j'ai parlé de Combat avec l'Ange, c'est bien à dessein. Il le confessera un jour, bien longtemps après : « Au-delà de tout le sacré fatras, il faut que le sacré existe, malgré tout, je le crois, j'en suis convaincu. » Mais jusque-là, le chemin à parcourir sera long.

Pour l'heure, — il n'a pas dix-huit ans — il s'enflamme pour les idées nouvelles, s'oppose violemment à la religion qu'on lui a inculquée et qui anime encore la société dans laquelle il a bien fallu qu'il s'insère.

Ne perdons pas de vue la situation des lettres et des arts, en Suède, au moment (1910) où Pär Lagerkvist passe son *studentexamen* (baccalauréat) pour aller vivre chez son frère, d'abord, en Värmland, puis dans la région d'Uppsala où il va entreprendre, un an seulement (1911-1912) de vagues études d'histoire de l'art. Je dis vagues parce qu'il sait déjà qu'il sera écrivain et qu'il n'a pas d'autre ambition déclarée. Or la Suède littéraire des années 1910 et suivantes est en état de crise. Passé la grande « percée » (*genombrott*) moderne qui aura définitivement sorti les littératures scandinaves de leurs limbes en les incitant, sous les exhortations du Danois Georg Brandes, à réagir contre l'ordre établi, à s'engager dans des voies neuves où la subjectivité des écrivains s'étalerait sans pudeur, pour aborder de face les problèmes d'une actualité politique, philosophique et religieuse marquée par la contestation et le libéralisme, il y a eu l'intense éclosion et l'éclat non pareil des chefs-d'œuvre de Strindberg, de Victoria Benedictsson, de Viktor Rydberg, puis, par un effet de choc en retour, banal dans ces circonstances, la grande vague idéaliste et symboliste où s'imposent les noms de Fröding, de V. von Heidenstam, de Hjalmar Söderberg et de Selma Lagerlöf. Vers 1910, la retombée est dure, la montée des périls évidente. Bientôt viendra, sous le choc de la commotion mondiale, le temps des engagements à tout prix (ce seront les célèbres romanciers et poètes dits « prolétaires » de l'entre-deux-guerres) ou le refuge dans un lyrisme ouvert à tous les vents de l'esprit, inquiet de sauver au moins l'essentiel. Dans la faille, précurseurs tout en dominant de leur génie les incessantes quêtes de ce premier demi-siècle, trois Suédois justement, trois inclassables : le poète Edith Södergran qui languissait du « pays qui n'existe pas », le poète Birger Sjöberg qui chanta et rima ses oscillations entre exaltation de l'amour idyllique et désespoir devant les horreurs de ce siècle, et... Pär Lagerkvist. Tous trois, ils ont vivement accusé cette tragédie d'un monde que l'exacerbation de leur sensibilité poétique éprouvait avec une intensité aiguë. Et c'est dans ce climat que Pär Lagerkvist décide de consacrer toute sa vie à l'écriture, non, remarquons-le bien, pour chercher une fuite dans l'écriture, mais bien pour tenter de vivre en la chargeant d'affronter de face les grandes questions et, si faire se peut, d'y répondre. Car on trouverait très peu d'œuvres, dans notre Occident, qui reviennent, autant que celle-là, à une méditation grave sur les problèmes fondamentaux du XXe siècle.

Je l'ai laissé en 1911 : la Suède est tout entière dans l'admiration de l'œuvre polymorphe de Strindberg (qui mourra l'an d'après), de son radicalisme politique et, de façon plus diffuse, dans un parti pris critique à l'égard du christianisme, des valeurs qu'il promeut, de la société que régit sa morale. Les courants intellectuels qui montent s'appellent darwinisme, utilitarisme, scientisme, socialisme. On les chargerait volontiers de tenir lieu de religion nouvelle. Et Pär Lagerkvist n'y manque pas. S'il ne s'affilie à aucune organisation, il professe des vues radical-socialistes, collabore à de petites revues engagées *(Fram, Stormklockan, Brand)* sans, toutefois, se compromettre : il ne donnera jamais dans ce que l'on appelle, en Suède, la « tendenslitteratur ». Un de ses tout premiers poèmes publiés s'intitule « Soir » (Kväll) et est sous-titré : « Près du catafalque de Gustaf Fröding ». Suivront, dans la même revue *Fram*, mensuel de l'Union des Jeunes Social-Démocrates ou dans d'autres, nommées plus haut, des textes, en vers ou en prose, qu'une inspiration, inévitablement religieuse, dirai-je, rend, déjà, ambigus : notre recherche de Dieu est un leurre, elle n'aboutit qu'à nous-mêmes, c'est l'homme qui (se) crée tout seul son Dieu.

En fait, on le voit bien dès ces premiers essais où, sans conteste, il se cherche, c'est plutôt du côté de la forme qu'il pousse ses investigations : on ne dira jamais assez à quel point le modernisme, en Scandinavie, a d'abord été un effort de rénovation formelle. Il refuse le réalisme du quotidien, ne se défend pas d'une nette attraction pour les grandes perspectives cosmiques. Ecoutons aussi, au passage, comment, derrière la simplicité voulue de l'expression, s'exprime une attention marquée aux grandes forces élémentaires qui dictent la fureur de vivre d'une Europe en train de danser sur un volcan. L'humain dans ce qu'il a de plus profond, de moins aisément dicible, forcé dans ses retranchements difficilement accessibles au moyen d'une esthétique résolument neuve : les enfances sont closes, nous pénétrons dans ce qui sera le premier état de son inspiration.

L'année 1913 avait vu la publication de *Deux récits sur la vie (Två sagor om livet)* qu'il faut considérer par rapport à *Etres humains (Människor)*, nouvelle parue l'année précédente : dans celle-ci, qui se souvient certainement du Gösta Berling de Selma Lagerlöf, un jeune paysan, tout entier aux tavernes et aux filles, présenté sans la moindre trace d'idéalisation, valait pour l'élément proprement démoniaque en lui, auquel aucune femme ne résiste et qu'il fallait entendre comme l'expression d'une angoisse, d'un refus d'une inacceptable condition : au demeurant, ce personnage s'appelle Mörk (Sombre). Mais le mouvement pendulaire que j'ai dit si caractéristique de cette inspiration était passé, avec *Två sagor om livet*, par une note de sérénité plus grande, à cette sollicitude bienveillante aussi, que nous allons retrouver dans *Kämpande ande*, qui entend instiller la plus haute poésie dans les destinées toutes simples. C'est, déjà, le réflexe qui va guider tant d'œuvres de notre siècle, en Scandinavie surtout, selon un double mouvement, une double question, l'un et l'autre crucifiants : oui, le monde est inacceptable, mais alors, pourquoi l'enchantement de la poésie ? Oui, la poésie, à elle seule, justifie notre existence, mais alors, pourquoi l'incompréhensible, absurde méchanceté du monde ?

Le refuge, ou la clef, seraient-ils dans l'art ? Soudain, Pär Lagerkvist abandonne Uppsala et ses études, le voilà à Paris où il découvre l'art moderne et le cubisme de Picasso. Cette révélation agit sur lui comme un catalyseur attendu, pressenti. Ainsi, littéralement, il y aurait moyen de refaire le monde, par l'art, de dégager de la réalité grossière, cruelle et inadmissible une essence salvatrice, simplement par décomposition des formes et des lignes, puis par recomposition à un niveau supérieur, en beauté impérissable, supérieure parce que dégagée des contingences. Il serait possible, par l'art de la forme, d'atteindre et d'affirmer la petite éternité qui attend d'être manifestée au-delà des contingences temporelles. Et d'enthousiasme, sans plus attendre, dès l'automne 1913, Pär Lagerkvist fait publier son programme au titre éloquent : *Ordkonst och bildkonst* (Art verbal et art figuratif), avec ses deux sous-titres tout aussi éclairants : « De la décadence des belles-lettres modernes » et « De la vitalité de l'art moderne ». Le réalisme, dans l'acception classée du terme, y est refusé sans nuances, de même que la dictature de l'individualisme. L'art, qui est la vraie vie, est simple jusqu'à la banalité, mais il doit choisir de s'exprimer par des symboles, obligeant à une multiple lecture, entraînant des prolongements infinis. Idéalement, il devrait se suffire à lui-même puisqu'il est parti du réel pour en proposer un principe transcendant.

Les applications suivent aussitôt. Mais mal, parce qu'à vouloir trouver, au-delà de la réorganisation du donné brut de l'expérience, de grandes images magnétiques et phosphorescentes, Lagerkvist retombe inéluctablement sur ces grands mots prestigieux mais flous que j'évoquais tout à l'heure : la vie, l'être humain. Si *Motiv,* recueil poétique de 1914, entend illustrer, par des textes en vers ou en prose, les grands principes du manifeste de 1913, le lecteur achoppe sur de brutales confessions comme :

Ma prière n'est pas parole caressante.
Ma prière n'est pas mains levées haut en l'air.
Ma prière est un mugissement que bave ma bouche.

Et la longue nouvelle significativement intitulée *Fer et Hommes* (*Järn och människor,* 1915) a beau chercher dans l'opposition fer des armes-chair humaine des victimes, un principe esthétique d'adversation, il est clair que ce premier stade d'une démarche très kierkegaardienne (et qui restera, remarquons-le, plus ou moins kierkegaardienne jusqu'au bout) n'est pas à la mesure d'un besoin, à la fois, d'absolu et de simple vérité humaine.

A vrai dire, il avait avoué, directement ou par inférence, de profondes affinités avec Baudelaire, Vilhelm Ekelund (auquel il faut toujours revenir en matière de modernisme poétique suédois), le Strindberg du théâtre onirique et le Norvégien Sigbjørn Obstfelder (qui se demande dans un de ses morceaux les plus connus s'il ne s'est pas « trompé de planète »). Le cubisme ne pouvait satisfaire une quête essentiellement métaphysique tout en voulant demeurer chaleureusement humaine. Alors ? L'expressionnisme ? A défaut de mieux, qualifions ainsi le second temps de sa recherche, qu'il ouvre avec éclat par le recueil de poèmes *Angoisse* (*Ångest*, 1916), au demeurant également dicté par la conjoncture apocalyptique. Si l'expressionnisme est bien le moyen par lequel un écrivain s'efforce de rendre le bouleversement de sa sensibilité aussi directement et spontanément que possible, c'est-à-dire en réduisant au maximum l'opacité conventionnelle de l'écran qu'interpose entre inspiration et expression le type d'écriture retenu, il est incontestable qu'*Angoisse* est à inscrire, par excellence, au dossier de ce genre, plus encore, même, que les essais dramatiques de Strindberg, trop déformés par les conventions nécessaires au « théâtre de rêve ». Angoisse devant l'effroyable spectacle du monde, bien sûr, angoisse aussi que dicte une grave crise personnelle dont nous savons les causes artistiques. On pense au célèbre « Cri » du peintre norvégien Edvard Munch en lisant le texte, que je ne peux manquer de citer ici, qui a donné son titre au recueil :

Angoisse, angoisse, c'est mon héritage,
la blessure de ma gorge,
le cri de mon cœur au monde.

Voici que se roidit l'écume des nuages
dans la main grossière de la nuit,
voici que montent les forêts
et les hauteurs rigides
pauvrement vers la voûte
recroquevillée du ciel.
Comme tout est dur,
figé, noir et immobile !

Je tâtonne en cet espace obscur,
Je sens le rebord acéré de la roche contre mes doigts,
J'écorche jusqu'au sang mes mains étirées
contre les lambeaux gelés des nuages.

Ah ! je m'arrache les ongles des doigts,
Je déchire mes mains blessées et tendres
contre mont et forêt enténébrés,
contre le fer noir du ciel
et contre la terre glacée !

Angoisse, angoisse, c'est mon héritage,
la blessure de ma gorge,
le cri de mon cœur au monde.

Et si les images concrètes de ruines et de dévastation ne prévalent pas, c'est pour introduire, au négatif, de grands thèmes de désolation :

Nulle main n'est aussi vide que la mienne,
Nul cœur aussi désert.

Ce n'est pas, cependant, que l'on entende se cantonner dans cet univers de déréliction, quelles que soient l'intensité tragique, la sincérité pathétique de la voix. Il y a quelque chose d'intenable dans une attitude si proche du vide ontologique — quelque chose, nous le savons, qui va à l'encontre du vouloir-vivre profond de ce Scandinave. L'angoisse se nourrit aussi bien du spectacle de la fragilité menacée de l'amour humain. Que ne refuse pas l'auteur. Pour lequel il ne se défend pas d'une dévotion secrète, un peu comme le petit Anders de *Gäst hos verkligheten* priant pour que Dieu lui conserve la vie.

C'est bien ce même dilemme qui le hante, au Danemark où il a choisi de s'installer pendant la Première Guerre mondiale : la condition humaine, dominée qu'elle est de partout par le spectre de la mort, lui inspire horreur et dégoût ; en face, les pouvoirs illimités d'enchantement et de sublimation que possède l'amour, tout amour vrai (Pär Lagerkvist épousera, en 1918, une Danoise) appellent une admiration passionnée, tout comme les inépuisables ressources de l'esprit humain. Par quoi nous voici ramenés à cette dichotomie fondamentale, aux résonances pascaliennes, que nous avons saisie à sa source dès les premiers témoignages. Comment admettre à la fois ce rien et ce tout ? Où se situer dans cette dialectique essentielle ? Et s'il y a un point de résolution, quel est-il ?

C'est ce genre de questions que pose, en 1918, un ouvrage intitulé *Théâtre,* qui regroupe trois pièces en un acte sous le titre d'ensemble *L'Instant difficile* (*Den svåra stunden*) et un texte-programme : « Théâtre moderne, points de vue et attaques. » Le prétexte en serait un règlement de comptes avec le naturalisme, au nom de l'esthétique de Strindberg dans ses dernières œuvres, une volonté bien marquée de rompre, sur scène, avec la part d'illusion que comporte tout art : « Il nous faut exprimer toute l'angoisse dont nous emplit la vie, telle qu'elle déferle sur nous à présent. » Mais qu'est-ce à dire ? S'agit-il de la vie toute naturelle et confiante que menait la mère du poète avec sa confiance en Dieu aussi spontanée qu'irraisonnée ? Ou d'une vie pensée qui inclurait l'atroce et le sordide, et les dominerait parce qu'elle aurait su se donner des pôles supérieurs d'attraction ? Bien entendu, il n'entre pas dans la manière de Lagerkvist de nous fournir la réponse. On prêtera simplement attention au choix du thème central des trois pièces. L'instant difficile, c'est celui qui suit immédiatement la mort. Dans la première, un individu qui vient de périr dans un accident de chemin de fer entre au royaume des morts où il rencontre un vieil ami à lui, un bossu (rares sont les héros de Pär Lagerkvist qui ne souffrent pas de quelque infirmité physique, j'y vois certainement la traduction, consciente ou non, de l'image nécessairement *mutilée* qu'il porte en lui de l'être humain) auquel il a ravi sa bien-aimée. La seconde, qui se souvient très fort de Strindberg et du style à répétitions de Maeterlinck, présente une couche mortuaire et l'image qu'elle suscite, son reflet dans le conscient de divers personnages. La troisième dépeint, en termes volontairement flous, une arrivée au royaume des morts. Tout est symbolique dans ces essais dramatiques où, en première approximation, on entend sans doute suggérer le néant, l'incompréhensible de la mort. Ici, il semble bien que Pär Lagerkvist touche le fond de son propre désespoir. Il faut prendre garde, tout de même, au fait qu'en somme, ce sont les regards des vivants, surtout dans la seconde pièce, qui renvoient ces images. Et qu'une interrogation tacite suscite ce théâtre de cauchemar.

En revanche, avec *Chaos* (*Kaos*, 1919) qui marque le

premier grand succès de Pär Lagerkvist auprès de la critique, l'ambiguïté souveraine, momentanément comme reléguée au second plan dans *L'Instant difficile*, reprend ses droits. *Chaos* est un ouvrage composite qui comprend : un drame, *Le Secret du ciel (Himlens hemlighet)*, une sorte d'apologue en prose, *Le Client exigeant (Den fordringsfulla gästen)* et un recueil de poèmes intitulé *En guise de foi (I stället för tro)*. Le titre général, *Chaos*, est à prendre au pied de la lettre : la vie n'a aucun sens (mening), nous errons en aveugles dans une forêt d'absurdités et de cruautés. Inutile de chercher une signification à ces errances, le ciel garde son secret et même l'amère ironie qui sauve le drame — qui sera représenté au Théâtre Intime de Stockholm, avec grand succès, en 1921 — ne saurait escamoter la gravité du propos. L'existence est comparable à un hôtel inconnu, étranger, où tout est fait pour déconcerter le client de passage. On songe, avec plusieurs décennies d'avance, aux romans de Camus, d'autant que la technique est apparentée : à partir de faits banaux, d'actions quotidiennes, sans pathos ni considérations morales ou philosophiques, comment suggérer les états d'âme les plus subtils et les angoisses indicibles qui nous harassent secrètement.

Les poèmes sont moins désespérants parce que, notamment, l'image de l'enfant, à vrai dire peu fréquente dans toute l'œuvre, y apparaît, non pas rétrospectivement et avec la distance attristée que confère l'amertume de l'expérience, comme dans *Gäst hos verkligheten*, mais dans son devenir, l'exercice potentiel de sa *livskraft* (sa force de vie), l'immense espoir qu'il ne peut pas ne pas susciter :

> *Je vais mourir et tu vas vivre,*
> *ô mon enfant de lumière du matin.*

C'est que Pär Lagerkvist s'est marié, l'année précédente, même si l'avenir montrera qu'il avait fait fausse route, il est de plus en plus nettement à la recherche d'une foi qu'il ne s'enhardit pas encore à aborder de face. Sa raison, l'expérience très réaliste qu'il prend des choses, l'en éloignent, mais le mystère de la vie, qu'il vit, qu'il donne suscite une ouverture, un besoin, une tension qui restent la marque de ce beau livre et suggèrent que l'œuvre est encore bien loin de son terme. Peut-être pensera-t-on que le meilleur de Pär Lagerkvist est justement dans cette oscillation, cette tension et qu'à tenter de la cerner, le style gagne progressivement cette marge d'imprécision, cette aura un peu trouble qui nous fascine parce qu'elle est propice à l'élan de toutes nos songeries.

C'est pourquoi l'éclaircie se confirme avec les poèmes de *La Voie de l'homme heureux* (*Den lyckliges väg*, 1921) et surtout dans *L'Eternel sourire* (*Det eviga leendet*, 1920) : ce dernier livre est un récit cette fois directement centré sur le thème de la recherche d'un sens. Il se passe au royaume des morts, dont on voit bien à quel degré il obsède l'auteur. Après tout, les morts doivent bien connaître, enfin, le grand secret. Nous en voyons évoluer un certain nombre ; ils n'ont rien abdiqué des travers de leur vie, toujours aussi ergoteurs, vains et stupides qu'ici-bas ; mais ils peuvent impunément se livrer enfin à notre seule passion profonde : se raconter, ils ont toute l'éternité pour cela. Et pour tâcher de savoir. Après de longues palabres, ils décident donc d'aller trouver Dieu pour lui demander des explications, préfigurant en somme la démarche propre de toute la vie de Lagerkvist. Et justement, le voici : c'est un petit vieux, en train de scier du bois, qui leur répond : « Tout ce que j'ai voulu dire, c'est qu'il ne vous faille jamais vous contenter de rien » (Jag har bara menat, att ni aldrig skulle behöva nöja er med intet : la traduction est extrêmement malaisée, le sens étant clair, cependant : l'idée, la notion de néant, de vide, de rien n'est pas compatible avec la nature humaine). En voilà assez pour comprendre qu'enfin, Lagerkvist, non seulement retrouve une manière d'optimisme — il vaudrait peut-être mieux dire : renonce à un pessimisme radical — mais encore s'engage dans une quête plus délibérée de valeurs (de « sens ») qui justifieraient notre présence.

Il entre donc dans une nouvelle phase, où la recherche et la tension demeurent les traits marquants de l'inspiration, mais où ce serait mal le connaître que d'envisager qu'il va nous tendre des clefs, politiques, philosophiques ou religieuses. Graviter autour de termes à la fois quasi magiques, impossibles à cerner jusqu'à leur épuisement et tout de même animés d'une sorte de vertu magnétique, reste et restera sa marque. Pour l'heure, les maîtres-mots sont « esprit » (*ande*) et « vie » (*liv*) : sur ce thème ambigu (je dis ce, au singulier, parce que l'un contient l'autre, ou qu'ils se suscitent mutuellement), il va broder de superbes variations qui, assurément, ne constitueront pas *la* solution mais que l'étonnante maîtrise d'un art dont le charme tient avant tout à sa force de suggestion prolonge indéfiniment dans le cœur et l'âme du lecteur.

En bonne chronologie, ce sera d'abord l'esprit, dans un drame aux allures de mystère médiéval : *L'Invisible* (*Den osynlige*, 1923). Strindberg, dans l'habitude qu'il avait prise vers la fin de son œuvre, de concevoir des personnages anonymes et archétypiques (La Femme, le Mendiant, l'Inconnu dans *Le Chemin de Damas*) et surtout Rabindranath Tagore, devenu très populaire en Suède après son Prix Nobel en 1913, pour son exaltation de la joie de vivre sous forme d'hymnes poétiques, ont certainement présidé à la conception de cette œuvre.

Sur le plan formel, il applique les règles qu'il avait édictées dans *Théâtre :* ne pas entrer dans les menus détails d'une mise en scène naturaliste, se contenter de brosser les grandes lignes de l'action, favoriser toutes les échappées possibles vers une rêverie proprement poétique, soit en versant délibérément dans l'exotique, soit en reprenant la démarche lyrique des hymnes religieux. Mais — c'est la nouveauté — il rompt avec les « attaques » qu'il menait dans le même texte-programme en prenant ses distances vis-à-vis de l'expressionnisme. Il tend maintenant vers un véritable classicisme : ses personnages, la Mort, l'Intendant (Förvaltaren, également appelé le Dévastateur, Förödaren, ou encore le Malin, Det Onda) et surtout l'Invisible, c'est-à-dire l'Esprit humain, qui, à vrai dire, n'intervient pas dans l'action (il reste présent d'un bout à l'autre sur la scène, commentant les événements) professent une véritable foi, non point encore dans les idées, mais dans la lutte pour les idées. Voilà Lagerkvist en passe de renouer, sinon avec le platonisme, au moins avec un idéalisme qu'il connaissait bien par la lecture de Romantiques suédois comme Esaias Tegnér ou Viktor Rydberg. N'importe que nous soyons imparfaits et accablés de nos fautes, n'importe que nous échouions dans notre quête éperdue d'un « sens », l'esprit humain est en lutte, c'est en cela même qu'il se définit, il combat pour la justice et le bien, ses souffrances et ses échecs n'ont pas de gravité, il est impérissable, il vaut par ses refus de la méchanceté et pour son ardeur, même absurde en apparence, à la contrecarrer. « Je suis l'esprit humain, crie l'Invisible aux morts, il y a des éternités que je vivais avant que vous existiez. Je vivrai des éternités après que vous ne serez plus. »

On a fait remarquer que cette thématique n'était pas nouvelle. Les idées de H. G. Wells sur le Dieu immanent présent dans notre recherche de vérité, de justice, de bonté étaient au cœur d'une discussion animée, en Suède, dans les années vingt. Lagerkvist, en soi, n'a pas le mérite de l'originalité. Mais *L'Invisible* marque une articulation importante dans l'œuvre. La voici remontant le versant désolé de ses angoisses et de ses refus pour exalter de grandes vérités abstraites qu'elle s'entend à incarner dans ses personnages. La bassesse, la cruauté, la vulgarité la hantent encore, assurément, mais on entrevoit, à la lumière de l'esprit humain, un rayonnement d'amour et de justice. En d'autres termes, si le dilemme fondamental que j'ai posé une bonne fois pour toutes en commençant reste présent, sa face sombre n'est plus exclusivement privilégiée. On entrevoit mieux l'autre pan.

Non que la résolution se fasse : le chef-d'œuvre unanimement reconnu que sont les *Contes cruels* (1924) en ses quatre nouvelles dont deux (« Père et moi » et « Le Sous-sol ») ont déjà été évoquées, reste partagé. La langue y atteint une sorte de perfection, certainement parce que les symboles y acquièrent une rare subtilité. Si « L'ascenseur qui descendait en enfer » et qui traite du divorce, garde des allures cauchemardesques, « Johan-le-Sauveur », qui inaugure, en Suède, la pratique du monologue intérieur, chante la beauté de la foi jusque chez un pauvre fou. Cruels, certes. Mais on se demande si la cruauté n'est pas la rançon de l'idéal.

Ce dualisme fera long feu puisqu'en 1941 encore, dans *La Pierre des sages (De vises sten)* bâtie sur le thème faustien de l'opposition entre foi et science, Pär Lagerkvist reviendra sur cette option essentielle. Qui a raison, de l'alchimiste Albertus qui, dans son avidité de savoir, néglige son prochain, vend sa fille au prince, manque à tout amour, ou du rabbin Simonides qui réussit à réveiller et à maintenir chez son peuple, en plein pogrom, l'espoir et la foi ? L'esprit humain est capable de miracles tout comme il peut mener à la déréliction.

Sans doute est-ce parce qu'il y a « la vie » qui ne peut n'être qu'esprit. Et donc, voici *Les Chants du cœur* (*Hjärtats sånger*, 1926), un des sommets de son œuvre poétique. Le ton tendrait à l'apaisement, à une sagesse chèrement conquise, non sans mélancolie. Pär Lagerkvist s'est remarié après avoir divorcé. Le recueil contient quelques-uns de ses plus beaux poèmes d'amour et nous y retrouvons une tendance au recueillement, comme religieux, que nous commençons à connaître. Mais le spectre obsédant — qui relève évidemment d'une tentation d'angélisme non étrangère, une fois de plus, au puritanisme, au piétisme de l'enfance — des réalités inéluctables de l'expérience vécue vient fausser, dénaturer les idéales perspectives :

Cette vie seule qui fugacement s'arrête,
Qui dans son voyage sans répit est chez toi en visite
A transformé ta dépouille en désir et douleur,
Ce morceau de chair en cœur d'homme angoissé ! [...]
Je révère l'être humain, je méprise la vie.

Et là encore, ces chants éveilleront de lointains échos : en 1939, en même temps que *L'Homme libéré*, Pär Lagerkvist écrit *Rêve de la Saint-Jean à l'hospice* qui sera publié en 1941, soit quinze ans après les *Chants du cœur*. C'est un rêve sous forme dramatique. Le vieux Blind-Jonas (Jonas l'aveugle), plus ou moins poète et qui a passé la meilleure partie de sa vie à courir le monde rêve, à l'hospice, de sa bien-aimée Ellen, qu'il courtisa il y a bien longtemps, et de sa petite-fille, Cecilia. La vie les a tous défigurés, puisque telle est la loi. Mais quel air ont-ils (dans le rêve), quel air auraient-ils s'ils étaient restés eux-mêmes, c'est-à-dire fidèles à l'esprit ? La constatation de l'état des choses, ici et maintenant, est affligeante. Le temps, la vie — c'est le sujet précis de cette pièce à mi-chemin entre réalisme et fantastique — ont forcé les êtres humains à oublier leur jeunesse et ses ambitions généreuses, à traiter la jeune génération montante sans amour, sans pitié, comme eux-mêmes l'ont été autrefois. Oui, la vie mutile les âmes, elle les rend aveugles, comme Jonas le bien surnommé, égoïstes et cruels alors qu'à son aube, elle était prometteuse de clarté, de chaleur, d'ouverture. Qu'en est-il de son besoin de liberté en face du spectacle de toutes les brimades et violences qu'elle a subies et qu'elle récapitule au seuil de la mort ?

Dégoût (mépris) de l'existence : les hommes meurent et ils n'ont pas été heureux. Et pourtant, malgré tout, cette inexpugnable espérance, cette foi d'au-delà de toute logique, en l'homme qui est capable aussi bien d'amour sincère que d'égoïsme sordide. Certes, il y a, il faut qu'il y ait en l'homme plus de choses à admirer qu'à mépriser. C'est devenu, chez Lagerkvist, une conviction ferme, encore que non exprimée ouvertement, non admise secrètement puisque la réalité, la vue qu'il en prend, en tout cas, la dément sans cesse.

Par là s'amorce le dernier état de sa méditation, qui, on s'en doute bien, n'amènera jamais ni à des certitudes tranchées ni à des affirmations péremptoires, mais qui va relancer l'œuvre dans ce que l'on peut tenir pour son ultime phase, que je n'hésiterai pas à dire mystique.

Depuis le début, tout nous y mène dans cette analyse, ne serait-ce que le refus, ou l'incapacité, de ne voir de la réalité que sa face plate et immédiate, ne serait-ce que l'invincible propension à faire de l'œuvre d'art, en soi, un moyen de transcender le donné de l'expérience.

La mystique, dit-on, postule une union intime de l'homme et du principe de l'être, quel que soit le nom que l'on donne à ce principe. Dans la mesure où il était conscient de cette approche, Pär Lagerkvist tendait déjà confusément à conférer à l' « esprit » et à la « vie » cette valeur de principe au nom duquel la lutte — c'est, on le sait, l'angle sous lequel il voit et envisagera de plus en plus désormais l'existence humaine — se justifie, s'impose. Depuis la première œuvre, il ne cesse de descendre au fond du désespoir, sans grandiloquence, révolte véritable ni morose délectation, que pour envisager un au-delà du désespoir qui aboutit à un « courage, il faut tenter de vivre » : ce n'est pas la première fois, d'ailleurs, j'imagine, que le lecteur aura implicitement fait le rapport entre l'itinéraire spirituel que je décris et celui que suivit, au moins un temps, Paul Valéry.

Nous sommes en 1925, Pär Lagerkvist a trente-quatre ans. C'est le moment où, passé le temps des refus et des tâtonnements confus, il éprouve le besoin de faire un premier bilan. La recherche esthétique tournait court puisqu'elle revenait à une évasion trop facile de l'inévitable réalité ; le passage par l'expressionnisme, pour lui avoir permis d'affiner une écriture et de parfaire un style, convoyait trop de noirceur, la remontée s'est amorcée par une approche hésitante de ces concepts incertains qu'il appelle esprit ou vie. Le petit Anders de *Gäst hos verkligheten* (publié en 1925) fait le point. Il découvre dans ses souvenirs l'origine même de ce dualisme qui n'a cessé de le hanter : entre Père et Mère, si l'on veut, entre individualisme farouche et tendresse timide ou refoulée, en tout cas, entre monde extérieur hostile, cruel, méchant et cette chaleur d'amour angoissé, ce rêve de justice et de vérité qui ne veut pas périr. Après tout, il a dominé cette situation de crise, le petit Anders, c'est devenu un grand écrivain admiré. Au-delà de ce chef-d'œuvre de pudeur et de finesse qu'est *Gäst hos verkligheten*, livre-charnière dans cette production, on sent monter une autre façon de formuler l'alternative crucifiante. Nous en étions restés à « la vie » avec son cortège d'amertumes et d'échecs. En face, voici monter « l'homme » ou plutôt « l'être humain » (*människan*) petit, volontiers minable, toujours au bord du ratage ou de la médiocrité, mais qui vit, qui doit vivre, qui veut vivre en donnant, si possible, le meilleur de son être car il est, malgré tout, maître de sa vie et détenteur de cet esprit qui, à la fois, l'exhausse et le tourmente. Le jeune Anders tenait furieusement à vivre pour s'affirmer. Vingt ans, vingt-cinq ans après, il existe toujours, il n'a pas trop déchu, quelle force le pousse donc ? Quelle attraction l'aimante vers la consommation d'un destin acceptable ?

La réponse est fournie dans un essai intéressant, *La Vie vaincue* (*Det besegrade livet*, 1927). Il le dit en substance : ce n'est pas toi qui vis, c'est la vie qui, en toi, est, un instant, en visite. Mais nous savons ce qu'il pense de la vie, les *Contes cruels* notamment nous l'ont suffisamment suggéré. La psychanalyse freudienne, qui commence à se divulguer dans le Nord vers ces années-là, si elle peut séduire un instant cet esprit en quête d'un sens rationnel, s'oppose trop fort à son incoercible idéalisme pour qu'il en admette les principes. En fait, le grand flux vital (ou vitaliste : encore un mouvement de pensée qui va fleurir intensément en Suède, juste alors, en particulier sous la plume d'Artur Lundkvist) où nous nous trouvons pris nous roule et nous ballotte à sa guise, nous n'avons guère de part à ses élans, fétus de paille emportés malgré nous, épaves recrachées sans pitié sur la grève. Et pourtant, nous n'avons de cesse que soient défendus, révérés, ces dieux que nous nommons Amour et Justice. Nous sommes capables de vaincre la vie, c'est-à-dire tout ce magma informe et dangereux de pulsions incompréhensibles qui dégradent, mutilent, tuent. Il faut que l'homme (*människan*) soit un miracle pour triompher d'une telle condition. Bel essai qui n'a le défaut que de tourner court lorsqu'il s'agirait de tirer les conclusions qui s'imposent. Par inhibition, certainement (il ne la dominera jamais vraiment) mais davantage : parce que la solution claire et reconnue ne coïnciderait pas avec son art, fait d'approches retenues, de symboles aux harmoniques infinies, de suggestion. Pär Lagerkvist est tout entier dans cette marge d'indécision que chercherait à abolir, à sa place, un bon esprit cartésien. Il se situe dans ce mouvement, cette tension vers l'ineffable et c'est pour l'avoir oublié que tant de commentateurs sont passés à côté de ce qui fait sa valeur profonde.

Voyez Daniel, le cordonnier. Il a mal vécu, il a causé la mort de sa bien-aimée. Et puis, par une chance extraordinaire, il obtient des puissances suprêmes la permission de refaire sa vie. Il épouse Anna, une jeune femme de ménage avec laquelle il coule des jours heureux, même si les souvenirs vagues de son existence antérieure viennent parfois en altérer la sérénité. Et les voilà vieux, Daniel et Anna, leurs enfants sont grands maintenant. Tout irait bien si Elof, leur fils, ne s'amourachait pas absurdement d'une femme indigne de lui. Daniel entre dans une violente colère, il refuse de saluer le passage de l'Amour, quelle que soit la face qu'il prend, dans la vie de son fils, il se ferme à toute compréhension, il condamne violemment. Et Elof se suicide. *Celui qui eut la permission de revivre sa vie* (*Han som fick leva om sitt liv*, 1928, un des plus grands succès dramatiques de Pär Lagerkvist), Daniel, donc, aura provoqué un meurtre dans sa nouvelle existence comme dans la précédente. Et pourtant, il était animé des meilleures intentions du monde, il voulait le bonheur calme du foyer, la clarté des existences sereines où le destin est accepté. Mais la vie n'a cure de la tendresse et du bon sens. Elle pousse à la mort aussi inflexiblement que le jour à la nuit. Il est absurde de voir dans cette authentique tragédie la traduction, sur le mode mineur en raison de la condition des personnages, d'un banal conflit de générations. « L'homme », « l'esprit » peuvent-ils réellement quelque chose contre « la vie » ? Tel est le thème profond.

Pourtant, puisque la question est posée, l'antagonisme existe bien. Son évidence suffit à montrer que quelque chose s'oppose, résiste, refuse de se laisser aller.

D'où le titre du recueil dont sont extraites les deux nouvelles que l'on va lire : *Kämpande ande* (1930) : *L'Esprit en lutte, L'Ame combattante* (ou combattant, ou combative). Les textes que contient le recueil nous maintiennent au ras des choses banales : un bel homme esseulé qui s'éprend d'une jolie boiteuse, un presque simple d'esprit qui épouse une vieille fille riche, un médecin qui découvre les symptômes de la maladie mortelle qui va l'emporter : le réalisme si caractéristique de Pär Lagerkvist interdit toute vue romantique de pareilles situations. C'est tout à fait net dans « La Noce » qui pourrait à tout moment verser dans un grotesque à la limite du supportable. « Ames masquées » est un joyau, un pur chef-d'œuvre. Voilà ce que pourrait être l'amour si nous parvenions à échapper aux trivialités accablantes de la vie, si nous évoluions au « pays des âmes ». Il s'y trouve des pages que l'auteur n'a jamais égalées, des pages proches de la musique en son indicible pouvoir de communication, de communion directe. Une rencontre fortuite, une reconnaissance, Claudel écrirait : une re-connaissance de toujours, et puis un amour d'âmes, idéal, dans un enchantement de beauté, de perfection, de décors choisis, sans défaut, Toscane et crépuscules incendiaires sur le Mälar, objets rares et précieux. Voilà réalisée la conjonction infiniment chère à ce compatriote de Swedenborg, mais pensable sans doute, de Seraphitus et Seraphita. Bel amour, amour parfait, lumineux. C'est toi, c'est moi et tout est dit dans un silence que l'on *entend,* au-delà de toute musique même.

Mais l'hymne est impossible. Trop d'empêchements extérieurs, de contingences fatales, de rendez-vous fatidiques mèneront à l'échec, à la navrante prière au fond d'un W.C., à la mort volontaire. En fait, il serait comme blasphématoire de voir dans ces nouvelles une intention ironique ou sarcastique. Jamais autant de pudeur et de délicatesse n'a été mis au service d'une telle compassion. « L'homme » est d'autant plus grand qu'il parvient malgré tout à évoluer ailleurs que dans le vulgaire et le sordide. Oui, nous sommes petits, minables, ridicules, mais rien n'est plus sublime que ce que nous sommes capables de tirer de cette prétendue abjection. « La Noce » et « Ames masquées » le laissent entendre à chaque page. C'est pourtant dans « Le Départ », cette histoire du médecin qui sait qu'il va mourir, que nous lisons cette phrase significative : entre le monde intérieur que nous portons et qui s'identifie si bien, si aisément au « pays des âmes » et l'implacable réalité vécue, il y a lutte constante. Parce qu'il y a « Dieu » : « Dieu se tient entre moi et le divin, il m'en sépare. » Une nouvelle fois, nous prenons la mesure de l'extrême ambiguïté du langage de Lagerkvist. Et nous notons l'apparition du terme qui va bientôt devenir central, « Dieu ». La phrase, il me semble, peut être comprise ainsi : le « moi » existe (c'est « l'homme », c'est « la vie ») et « le divin » de même (c'est le « pays des âmes » où tout est parfait, tout est beau et sublime, « pas comme ici »). Entre les deux, dans cette tension, encore une fois, s'inscrivent nos efforts pour concilier l'inconciliable, cette idée que nous portons du « divin », que nous opposons au « moi » et que Pär Lagerkvist, par la bouche de son personnage, appelle « Dieu ». Distinctions subtiles, certes, dont la signification n'est pas assurée : le sera-t-elle jamais chez l'auteur de *Barabbas ?* Contentons-nous, pour l'instant, de noter une certitude : l'esprit en train de combattre *(kämpande ande)* parvient à se manifester, en l'homme, à travers les ridicules mêmes et les tares de l'existence.

L'actualité va infléchir un bon moment cette recherche, dans un sens amer qui ne favorise que trop sa ligne de plus grande pente. Le recueil de poèmes *Vid lägereld* (*Près du feu de bivouac,* 1932) marque un retour aux ténèbres. A quoi bon se soucier d'éternité, « En fin de compte, notre chemin ne mène d'ici à nulle part »,

La pensée n'a pas de but,
La prière n'a pas de père.
La douleur n'a pas de foyer,
Le désir n'a pas de mère.

Nés sans cordon ombilical,
Mourants inconnus.
Sortis de rien
Et retournés au Néant.

Le poète lui-même ne se conçoit plus que comme « le fils d'une faille humaine », et, quoique le jeu de mots ne puisse s'appliquer à la formulation en suédois, il n'y a pas loin de faille à faillite. L'homme lutte, certes, et son héroïsme reste admirable, mais il est peut-être absurde. Une image hante le recueil : ce petit héros humain, chacun d'entre nous, en somme, dans la mesure où nous acceptons de continuer de vivre, est assis dans sa faille, près de son feu de bivouac, dérisoire et esseulé. Ce n'est pas que Lagerkvist renonce : il a, semble-t-il, cette conviction qui, en termes chrétiens, s'appellerait espérance, savoir, que nos comportements insensés finiront par trouver leur justification, au soir de notre vie, peut-être, ou pour la postérité.

Pessimisme que la montée du nazisme ne fait rien pour tempérer. Courageusement, et fidèle à la ligne de pensée qu'il suit depuis *La Vie vaincue*, un des tout premiers à cet égard, également, Lagerkvist s'élève contre la tyrannie montante dans une des plus célèbres de ses pièces, *Le Roi* (*Konungen*, 1932). Entre le roi Amar-Azu, qui se retrouve mendiant trois jours durant, et le mendiant Iream-Azu qui devient roi pour le même laps de temps parce qu'il est porté sur le trône par une révolution populaire, entre les multiples despotismes du souverain, du grand-prêtre, du peuple, c'est-à-dire parmi toutes ces manifestations trop tragiquement actuelles de la violence, l'auteur prend bravement position. Ce n'est pas en fuyant dans le désert que l'on résoudra les problèmes majeurs de notre condition. Et puisqu'il faut que l'homme lutte pour affirmer sa valeur, que ce soit pour autre chose que des objectifs de mort.

Le Bourreau (*Bödeln*, 1933), d'ailleurs aisément adapté au théâtre avec le prestigieux Gösta Ekman dans le rôle principal, reprend exactement les mêmes thèmes. Nous l'avons déjà évoqué au début de cette étude. Soulignons ici, simplement, la prestigieuse qualité des symboles et des images utilisés. Comprenons aussi que le bourreau n'est pas seulement une des plaies de notre société : il est latent, en chacun de nous. Lagerkvist est, ici, au sommet de son art, mais je tiens à souligner, outre la constance d'une réflexion fondamentale sur le mystère du mal, la persistance admirable, dans cette œuvre si noire, d'une échappée vers la lumière. Le bourreau entre dans la thématique de ce que Pär Lagerkvist appelait « la vie ». Comme elle, il faudrait qu'il fût vaincu.

Un événement capital dans la vie de Lagerkvist va d'ailleurs hausser d'un cran décisif sa méditation et l'amener à déboucher enfin sur ce qu'il est permis de prendre pour des certitudes. En 1934, il entreprend un long voyage qui le mène en Palestine et en Grèce. On peut dire que tout le reste de son œuvre en sera marqué, fond, thèmes, images et même forme. Il découvre la lumière dorée qui baigne les temples grecs, la sereine majesté du Jourdain et l'atmosphère spirituelle, comme tangible, dans laquelle respire Jérusalem. Il en reviendra avec un important essai, *Le Poing noué* (*Den knutna näven*, 1934) où il prétend exposer son credo. Il voit dans l'Acropole un poing noué vers le ciel, il en fait le symbole de l'humanisme contre la barbarie. Citons-le :

> Non ! l'esprit n'est pas impuissant — bien que l'on veuille si volontiers le croire ! Son poing est cuirassé comme celui de la violence ! Et, en fin de compte, c'est lui, le plus fort des deux. Oui, depuis le début, le symbole de l'Occident fut une citadelle, et maintenant, dans la nuit, je vois qu'il l'est resté. Elle ne se rend pas, aussi peu maintenant que par le passé. Des millénaires durant, malgré tout, elle ne s'est absolument pas rendue. Elle rameute ses fidèles, elle les rassemble de nouveau autour de ce qu'ils ont de plus précieux. Pas pour des visions de beauté, pas pour des rêves

> et pour l'inertie. Mais pour le combat ! Pour un combat brutal, infatigable ! Pour un humanisme combattant. Le poing noué !

Il n'est pas fréquent, ni banal, de trouver de telles professions de foi dans cette œuvre si réservée d'ordinaire, à cet égard. On devine qu'il n'en restera pas là. Fidèle à une tendance bien marquée chez les écrivains du Nord, à laquelle ils donnent eux-mêmes le nom de radicalisme et qui consiste à aller jusqu'au bout d'une prise de position, une fois adoptée, il ne peut qu'approfondir encore cette méditation floue dont nous avons partiellement suivi les méandres.

Un récueil de poèmes éloquemment intitulé *Genius* (1937) et qui n'a peut-être pas la belle venue des grands textes poétiques de la décennie précédente, pose enfin le problème sous son éclairage véritable : Il faut au poète une foi en quelque chose (ou quelqu'un ?) d'éternel, les louvoiements autour de ces termes au contenu ontologique incertain que nous avons vus passer l'un après l'autre (esprit, vie, homme, humanisme) ont suffisamment duré. Posons que :

> *Peut-être le Mal a-t-il une demeure éternelle,*
> *Une aire lointaine, désolée, inaccessible*
> *Où l'on aspire en vain à la rédemption,*
> *Quelque chose d'impérissable comme la lumière [même,*

il reste que c'est maintenant en termes d'éternité que se formule cette dialectique. Que l'image de Dieu trouve enfin sa place. De Dieu, non de la religion. Hanté par son passé, par cette image obsédante d'un milieu familial qu'il a refusé sans jamais pouvoir s'en débarrasser, il ne parviendra jamais à admettre dogmes et rites, attitudes au demeurant commune en cette fin d'entre-deux-guerres teintée des premières lueurs d'une Apocalypse imminente. Mais il y a une absurdité profonde et une dérisoire supercherie à vouloir voir en lui un « athée religieux » ou, mieux encore, un « croyant laïque », un « agnostique religieux », toutes formulations proférées par la critique et qui se réduisent à de purs sophismes tout en refusant de voir (en ne voyant pas) dans quel mouvement profond et proprement ineffable Lagerkvist se situe. Il a certainement trouvé sa voie, sans se l'avouer peut-être, un point d'ancrage sûr a surgi enfin sur cet océan hostile où il naviguait à l'estime depuis si longtemps. Et il vaut la peine de l'y suivre.

Nous connaissons déjà le premier moment de cet itinéraire. C'est son plus grand succès, *Le Nain* (*Dvärgen*, 1944) qu'il importe absolument de prendre pour une contre-épreuve : pendant du *Bourreau*, ce nain, bouffon d'une cour italienne de la Renaissance, vit de sa méchanceté comme de celle de son entourage, obséquieux, intrigant, veule, abject et en même temps prisonnier de son petit orgueil risible, tout entier dans le combat frénétique qu'il mène contre l'amour, tout amour, véritable incarnation, à sa petite taille, de Satan, mais un Satan minable que dénonce assez l'ironie souveraine d'un style magistral parfaitement conscient de ses moyens. Le nain est tout aussi inévitable dans la société des hommes que le bourreau, et il le sait bien, mais voyez l'arrière-pensée comme allègre, le désaveu transparent qui ponctuent cette page ultime du livre : le nain a été jeté en prison :

> Je suis là dans mes fers et les jours passent et il n'arrive jamais rien. C'est une existence vide et sans joie, mais je m'y trouve bien. J'attends d'autres temps qui viendront sans doute. Il n'a sûrement jamais été question que je reste ici pour toujours. Je trouverai bien l'occasion de poursui-

> vre ma chronique au grand jour, comme avant, et l'on trouvera bien, de nouveau, à m'employer. Si je connais bien mon maître, il ne pourra pas se passer de son nain, à la longue. Voilà ce que je pense, ici, dans mon cachot où je suis de bonne humeur. Je pense au jour où l'on viendra m'enlever mes fers, parce que, de nouveau, il m'aura envoyé chercher.

Ce ton, cette atmosphère, nous les connaissons trop bien : voilà plus de vingt ans que Pär Lagerkvist s'en sert pour masquer, pour se masquer à lui-même le but essentiel qu'il vise obscurément, cette méditation sur le compte de Dieu, du Dieu d'amour vivant, de la Personne de Dieu qui ne l'a jamais lâché.

Qui le gêne, le harasse, puisqu'Il serait la solution tant souhaitée. Il va reprendre le Combat avec l'Ange, une fois de plus et de face. C'est *Barabbas* (1950) qui lui vaudra directement, l'année suivante, le Prix Nobel. Depuis toujours, c'était la Personne du Christ, terme certain de la montée mystique que je crois pouvoir lire dans son œuvre, qui le hantait puisque sa double nature assumait le dilemme que nous l'avons vu poser de tant de façons. Encore une fois, je ne parviens pas à voir dans ce magnifique récit, élargi à l'infini par ses résonances métaphysiques et ses splendides symboles bibliques, le fait d'un agnostique religieux qui révérerait la foi chrétienne sans pouvoir la partager. Pourtant, en Suède, l'heure est au mouvement dit des années 40 (40-tal), correspondant assez fidèle de l'existentialisme sartrien. Mais justement : on a beaucoup écrit sur la célèbre dernière phrase du livre, que profère Barabbas au moment de mourir :

> Il s'écria dans la ténèbre, comme si c'était à elle qu'il parlait : « A toi, je remets mon âme. » Puis il rendit l'esprit.

On a voulu y voir un refus de Celui à qui ce bandit devait d'avoir pu garder la vie. De vrai, la phrase est ambiguë comme le sont à peu près toutes les formulations importantes de ce Suédois éminemment conscient des ressources de sa langue. Mais cette ténèbre où il va entrer volontairement (je présume, malgré le « comme si »), nous la connaissons bien, c'est la nuit mystique au terme de laquelle se situe toute illumination.

Je me sens fondé à le dire parce que l'œuvre qui suit, le recueil de poèmes intitulé *Pays du soir* (*Aftonland*, 1953 ; le poète y médite sur sa vieillesse maintenant irrévocable, il est sexagénaire), s'il récapitule une fois de plus l'alternative harassante : trouver à tout prix un sens ou se réfugier dans une confiance apaisée mais aveugle en Dieu, ne laisse pas de doute sur l'option définitive :

Mon jour est plein de lumière, ma nuit est sans [limites.
Je suis l'être humain. Il m'est arrivé cette chose [redoutable
Que Lui [Dieu] m'a insufflé son âme.

Ce n'est pas que l'angoisse l'ait enfin quitté — elle ne le délaissera jamais. L'anéantissement qui va venir, l'oubli, le vide, il s'y résigne, non sans mélancolie. Il lui reste au cœur un goût doux-amer de solitude comme a été, finalement, solitaire toute sa vie, sa pensée, son œuvre :

Qui est passé
passé dans la profonde nuit de mon enfance
et m'a laissé abandonné
à jamais.

Et encore :

Qu'y a-t-il de profond comme l'absence ?
Qui peut combler un cœur autant que le vide ?
Qui peut assouvir l'âme autant que le désir de ce qui
[n'est pas ?

D'autres trouvent en toi leur repos.
D'autres brûlent de ton feu, reposent en tes bras
[ardents.
Mais qu'est-ce que leur bonheur
Auprès de mon vide,
Leur ardente union avec toi,
Auprès de ma solitude ?

On le voit : les révoltes ou les dénégations n'ont plus la violence des cris d'autrefois. Une clarté, une naïveté traversent ces poèmes simples et purs, peut-être les plus émouvants qu'il ait composés. Il sait bien que la foi est la plus haute conquête. Il fait penser, étrangement, à saint Jean-de-la-Croix se plaignant de l'absence apparente de Dieu : ce vide est signe de son amour. Attente de Dieu, c'est ce que disait, presque à la même époque, Simone Weil. Au même moment, la Suédoise Birgitta Trotzig connaissait la même catharsis et en situait le terme dans un mouvement de transfiguration. Ce n'est pas le cas de Pär Lagerkvist. La réalité lourde, on le sait, colle trop durement à ses semelles. Mais il est tout près de la résolution, à sa manière, avec une sorte de rage impuissante et mal rentrée de ne pouvoir librement progresser, au pays des âmes.

Aftonland marque sans aucun doute un sommet. Ce qu'il lui reste à écrire n'est que variations sur ce thème majeur exposé pudiquement, discrètement. Le « sens » qu'il a tant cherché, il en est tout proche, il tend vers la paix comme sont, en définitive, apaisées les œuvres qui vont suivre.

Ainsi, *La Sibylle* (*Sibyllan*, 1956) ne se soucie plus que de Dieu. Dieu qui assume en son incompréhensible totalité toutes nos incompréhensions, nos tensions, nos angoisses. Nous sommes nés pour l'angoisse, peut-être. Pär Lagerkvist a fait, une bonne fois pour toutes, la constatation du fait

> *que l'inquiétude du cœur jamais ne doive céder,*
> *que jamais je ne connaisse la paix,*
> *que jamais je ne puisse me réconcilier avec la vie, non*
> *[plus qu'avec la mort,*
> *que ma route doive être infinie, vers un but inconnu.*

Mais, précisément, il est en route. Il est possédé de Dieu, et il l'avoue. Comme la Sibylle de Delphes. Finalement, il se rallie à la définition que d'autres donnent du Sacré, pour l'appliquer à Dieu : le tout autre (det helt annorlunda, das ganz anderes, disait R. Otto). Dieu redoutable et impitoyable comme la vérité, omnipotent et sans égards comme la nature, partout présent et, lui semble-t-il, nulle part accessible comme cet étrange univers où nous sommes. Mais il est. La Sibylle déchue, chassée de Delphes pour avoir connu l'amour avec un étranger de passage et en avoir eu un enfant, vit à l'écart, dans une maison qui ressemble à une grotte, quelque part en haut du mont Parnasse, avec son fils, un simple d'esprit grisonnant comme elle et dont la bouche est figée en un perpétuel sourire. C'est cela, sa vie, sa faute qu'elle raconte à Ahasverus, le Juif errant venu lui rendre visite. Et elle avoue : ce fils, elle l'a eu d'un dieu, un dieu-bouc. Et aussitôt, son fils disparaît sans qu'on puisse le retrouver. Lui aussi, avec son sourire absurde et énigmatique, était un dieu, un dieu étranger, non humain.

En bon christianisme, on est en droit de récuser cette vision plus vétéro-testamentaire qu'évangélique, d'un Dieu impitoyable mais on retiendra cette constatation : nous ne pouvons nous passer de Lui :

> Quoi qu'ils [les hommes] pensent et quoi qu'ils fassent, quoi qu'ils croient ou ne croient pas, leur destin sera toujours lié à Dieu.

Et l'étrange est que ce très beau récit, passablement insolite, ne débouche ni sur la colère ni sur le refus. La pythie, non seulement ne se révolte pas, mais même connaît une surprenante paix : elle a admis sa condition, la nôtre. A une échelle supérieure, il en va de son dieu comme de Halvdan et Arna, les deux personnages d'*Ames masquées :* ils sont tout à fait différents de ce que nous voyons ou savons d'eux, leurs âmes ne peuvent se donner à connaître puisqu'elles sont masquées. Mais elles sont, il y a un pays des âmes, il y a un dieu. C'était même la destinée de la sibylle que de faire connaître ses arrêts. Elle n'y a pas manqué, en somme, même après sa déchéance ou mieux encore, par sa déchéance.

Cette ligne d'inspiration est sûre puisqu'elle va engendrer les trois « récits de pèlerins » qui suivront et qui n'étaient certainement pas, initialement, conçus comme un tout : *La Mort d'Ahasverus* est directement issue de *La Sibylle* et provoquera l'écriture de *Pèlerin sur la mer* puis de *La Terre sainte*. Nous ne serons pas surpris d'y retrouver des âmes inquiètes, dépeintes avec grand art dans un milieu vague à teinture médiévale, propice à toutes les évasions et à tous les symboles. Dans chaque cas, le personnage central (Ahasverus, puis Tobias) gagne la paix, mais la progression est intéressante et doit être suivie.

Dans *La Mort d'Ahasverus* (*Ahasverus död*, 1960), le Juif errant trouve le repos en abjurant, pense-t-il, son obsession de la foi en Dieu et de l'obéissance à Sa loi.

Est-ce un véritable reniement ? Voire ! Il y a cette femme qui s'est volontairement interposée sur le parcours de la flèche mortelle qui était destinée à Ahasverus, et qui, donc, lui a sauvé la vie par amour. *Pèlerin sur la mer* (*Pilgrim på havet*, 1962) fait un pas de plus. Tobias sait bien que l'amour oriente sa démarche, et qu'il est l'essence même de la foi. A peine s'il s'interroge, et sur la nature de ces étranges forces qui nous entraînent, et sur le but ultime qu'elles visent. Il est en route, il le sait, il est heureux, il ne peut pas s'être trompé, la paix qu'il connaît est de l'ordre de l'évidence tranquille : « l'amour parfait existe, et la Terre sainte existe, c'est seulement que nous ne sommes pas capables de l'atteindre. Peut-être même nous trouvons-nous seulement en route, ne sommes-nous que des pèlerins sur la mer ». *La Terre sainte* (*Det heliga landet*, 1964) est plus ambiguë si l'on s'en tient aux apparences, mais elle requiert une lecture d'une finesse particulière. C'est un bateau vétuste qui débarque sur une île inconnue le vieux Giovanni et son compagnon Tobias (tous deux figurations d'Ahasverus). Ils passent la nuit dans un temple en ruine où Tobias déterre la statue de ce qui a dû être une idole, vénérable mais portant sur son visage rongé par le temps un inquiétant sourire sarcastique, thème qui, on le voit, n'aura pas, de bout en bout, déserté cette œuvre. Alors, ils rencontrent des bergers tout émus de leur récente découverte : un petit enfant dans une crèche, dont la mère est morte en le mettant au monde. Aussitôt, un cataclysme s'abat sur l'île : les animaux meurent sans raison, des oiseaux de malheur harcèlent les habitants. Est-ce la colère du dieu inconnu, si c'est un dieu ? Mais voici que descend de la montagne une femme, sans nom elle aussi, dont la présence est douceur, paix, repos. Elle porte au bras un petit panier où se love un serpent venimeux qui mordra Giovanni, le voyageur exténué, lui ouvrant ainsi les portes de la mort.

Faut-il considérer que cette Terre sainte est le pays où la foi est morte (mais son exhumation, avec le sourire énigmatique qu'elle a, relance le mal) ? Ou que l'amour idéal, qui, seul, donnerait la paix, ne se conçoit que par et dans la mort ? Ou que ces pèlerins que nous sommes doivent faire pénitence (c'est un vieux thème strindbergien — relisons *Le Chemin de Damas* — qui ne pouvait laisser Lagerkvist indifférent) pour obtenir enfin une absolution qui se révèle en même temps résolution de nos contradictions, de nos crucifiants antagonismes, de notre dualité à la fois indispensable et torturante ?

J'ai parlé de lente catharsis, de sublimation patiente, de l'envoûtement d'un vide à la mesure de nos attentes, de nos désirs, de nos rêves, de notre besoin irrépressible d'absolu cristallisé dans notre amour. Qui ne voit que cette attitude est étonnamment commune en ce XXe siècle européen, dans la Suède de Gunnar Ekelöf (« Tu n'es pas et pourtant/Quel sommet d'être ! ») comme dans la France d'André Frénaud (« Mon amour s'alimente à un non-amour./Je n'avance qu'attisé par son refus./Il m'emporte dans ses grands bras de rien. ») La mort est au bout de tout, certes, et comme le disait Joubert, c'est « la grande affaire de la vie ». Laquelle postule, exige une acceptation de son terme que notre *livskraft* ne peut admettre.

Mais en définitive, puisqu'il faut mourir, il s'agit de mourir en paix, réconcilié. Cette acceptation *ne peut* être le résultat d'un effort rationnel, si élaboré qu'il soit. Lagerkvist a essayé, sous de multiples dénominations que nous avons dûment recensées, d'apprivoiser la valeur transcendante qui justifierait pleinement ce passage inéluctable. De cette montée mystique, il a préféré dire la phase contemplative et purgative. Il ne s'est jamais résolu à poser le pari pascalien, le *språng* kierkegaardien, au moins de façon apparente, dans ses livres. Il a visiblement préféré en rester à une formulation, équivoque évidemment, mais propre à une extrême diversité d'interprétations (c'est le caractère majeur de toute grande œuvre) où nos pauvres cœurs d'amour épris trouveraient un possible apaisement de leur soif. Car il est remarquable que toute la fin de l'œuvre refuse les négations, les imprécations, le néant clairement proclamé.

Mais quelle puissance de suggestion, de mystérieuse suggestion. La tentation expressionniste ne l'a jamais tout à fait quitté : il portait en lui une richesse de sensibilité, cet art d'atteindre par grâce à l'indicible qui, bien entendu, ne pouvait se plier à la formulation carrée. Cela se sent à son style, mal traduisible précisément à cause de sa prédilection pour les variations lexicologiques sur des termes abstraits mal définissables (parfait, prière, recueillement, nu, ouvert), ses constantes modulations sur des thèmes flous (que nous avons maintes fois cités), la profusion de ses intensifs (à proprement parler, certes, réellement) et des approximatifs (pourtant, peut-être, sans doute, comme si : ce que la linguistique appelle des ponctuateurs modaux — ju, lär, väl, då, nog en suédois — et qui impliquent toujours une prise de position, il faudrait dire une réserve, du locuteur par rapport à son propre énoncé et par égard au mental, réel ou supposé, de l'interlocuteur. La même remarque s'applique aux auxiliaires de mode — pour rendre les idées de devoir, pouvoir, oser, savoir — que prodiguent aussi les textes de Lagerkvist), et surtout la surabondance des tournures indéfinies du type : quelque, quelque chose. Ce sont des textes qui se diluent dans l'incertain, malgré la débauche de mots soulignés, repris, accentués, au besoin mis en relief par le recours à une sorte de style télégraphique qui finit toujours par tendre vers le monologue intérieur.

Art de la suggestion mystérieuse, certes, parce que la conviction de l'auteur est double : il y a un invisible, il n'est pas perceptible à notre entendement. Mais je ne trouve pas abusif ni incongru d'appliquer à cette réflexion et à sa traduction dans tant d'ouvrages inoubliables, ce que Luc fait dire aux pèlerins d'Emmaüs (XXIV, 32) : Pär Lagerkvist a marché longuement en compagnie du sacré, plus ou moins consciemment. Je ne parviens pas à douter qu'il n'ait pas eu, comme eux « le cœur ardent en chemin » quand il était en sa compagnie. C'est bien l'impression que l'on emporte après la lecture d' « Ames masquées » ou de « La Noce ». Sans l'apprêt romantique des grandes envolées lyriques, dans l'humilité de notre condition humaine envisagée sans la moindre complaisance, il y a place pour le merveilleux bonheur de Johan et de Frida comme pour l'amour des âmes de Halvdan et d'Arna.

Et si nous nous refusons à le voir, c'est que nous n'avons pas entendu l'appel de leur éternel sourire.

Régis Boyer.

La Varenne, 14 décembre 1985.

AMES MASQUÉES

Ce récit transporte le lecteur au pays où séjournent les âmes. Là, nous savons que tout est parfait, tout est beau et sublime, pas comme ici. Des êtres que nous ne pouvons concevoir qu'imparfaitement, dont nous n'avons qu'une intuition partielle y mènent une vie transfigurée. Leur existence dépasse le monde de la réalité, de l'abjection. Seule, la perfection règne chez eux, où que l'on aille, où que l'œil ébloui regarde. Tel est le pays de l'âme, sa véritable patrie. Et dans ce pays, c'est toujours fête. C'est toujours bal masqué.

C'était à une soirée mondaine, dans un restaurant de qualité, un souper dansant. Il se trouva que deux jeunes gens s'étaient assis à l'une des petites tables. Ils ne se connaissaient pas. Mais quelque chose fit qu'ils furent aussitôt captivés l'un par l'autre d'une façon singulière. Ce ne fut pas une amourette rapide, la première fois qu'ils se virent, ce fut quelque chose de plus profond, de plus inexplicable — un sentiment intérieur puissant qui les mit en présence l'un de l'autre, tous deux pareillement interrogateurs et comme désemparés. Ils comprirent que c'étaient leurs êtres mêmes qui étaient attirés l'un par l'autre, bien qu'ils ne se fussent jamais encore rencontrés, ne sachant rien l'un de l'autre. Ce fut pour eux une expérience qu'ils n'avaient jamais faite, un mystère.

Le visage étrangement nu, ils restaient à se regarder. Parlaient comme distraitement — que disaient-ils donc ? De quoi venaient-ils de parler ? Tout semblait si insignifiant, même cela. Il leur semblait que ce qui se mouvait en eux les mettait tellement à la merci l'un de l'autre que les mots ne pouvaient servir qu'à dissimuler. En vérité, il n'y avait rien qui dût être dit. Rien qu'ils eussent réellement voulu dire. Ils parlaient, voilà tout. Se taisaient, parlaient encore. Mais au fond d'eux-mêmes, une sorte de recueillement les frappait de mutisme.

Il regardait ce visage d'une beauté si parfaite qu'il lui parut n'en avoir jamais vu qui eût avec lui ne fût-ce qu'une ressemblance extérieure. Ces yeux noirs, avec quelque chose de doux et d'effarouché qui appelait dans le regard ; un regard étrangement fascinant sans apparemment le vouloir, solitaire en quelque sorte et pour ainsi dire constamment en éveil, comme un oiseau toujours prêt à s'envoler plus profond dans la forêt, au moindre frisson dans les arbres, pour une feuille qui ne serait pas tombée en silence sur le sol. Et en outre, des traits de la plus grande pureté, délicats, comme retenus dans leur émotion, mais parfaits dans leur fragilité presque transfigurée, une peau d'une pâleur étrange et chaude, interrompue par la ligne de la racine des cheveux, une chevelure nettement rejetée en arrière, d'un noir éblouissant, relevant la délicatesse du front, la pureté, la beauté comme évidente de la tête tout entière. Parce que le visage avait quelque chose de si fragile, la bouche semblait peut-être plus rouge, plus pleine qu'elle n'était, en un sens, elle avait une vie, une expression à part, entrouverte et brûlante comme après un baiser. Dans leur doux abandon, les bras aussi avaient cet air de sensualité, ainsi que la silhouette, d'une féminité svelte mais douce dans sa robe de soie blanche ajustée. C'était une beauté qui eût pu passer pour provocante, fière et radieusement captivée d'elle-même. Peut-être, ce qui fascinait en elle tenait-il pour une part au fait qu'elle n'était absolument pas telle, à cette opposition entre l'extérieur et l'intérieur, entre ce qu'il y avait d'éblouissant en elle et ce regard interrogateur, chaud, soumis et vigilant à la fois, farouche mais libre aussi, et parfois délaissé comme en une totale solitude au plus intime des yeux profonds.

Il ne comprenait pas ce contraste qui le captivait ainsi. Simplement, il avait le sentiment de son être, tel qu'il était. Une perception, pure et simple. Avec une netteté étrange, il sentait sa proximité, et qu'elle existait, là, près de lui. Et il en éprouvait un grand bonheur secret.

Se pouvait-il que lui aussi captivât tant soit peu cette femme ? Il le pressentait, il fallait qu'il le crût, cela lui parût-il vraiment trop fat. Sans doute avait-il un certain pouvoir sur les femmes, surtout quand il ne se souciait pas d'en avoir. Mais ici, il s'agissait de quelque chose de si radicalement différent. Il n'était pas question de cela — pas devant cet être. Si elle ressentait quelque attirance pour lui, ce devait être parce qu'instinctivement, elle pressentait une communauté plus profonde avec quelque chose en lui. Il ne savait quoi. Mais il se sentait indigne. Indigne comme jamais encore devant quelqu'un qu'il eût rencontré.

C'était un homme jeune, assez beau, probablement un tout petit peu plus âgé qu'elle. Il était du type élégant banal, mais seulement pour l'extérieur, l'attention se fixait tout de suite sur quelque chose d'autre, quelque chose de personnel dans la longue silhouette maigre au visage le plus souvent très grave. Il y avait en lui une sorte d'intensité sourde, sur ce visage sombre, sur toute son apparence. Une sorte d'inquiétude intérieure, d'agitation presque — quelque chose de fanatique. Cela se retrouvait dans son allure extérieure également, il avait comme une agitation qu'on eût dit nerveuse, une certaine impulsivité dans les mouvements et ce, même quand il ne faisait que rajuster sa cravate ou rejeter ses cheveux en arrière — quelque chose de fébrile. Mais pas à ce moment-là, pas à cet instant de calme étrange en face d'elle, de contemplation et pour ainsi dire d'écoute. Alors, son être profond donnait à ses traits caractéristiques, marqués déjà, une expression animée, donnait à la virilité juvénile de son visage quelque chose de doux, de presque fragile.

Ils étaient si fascinés l'un par l'autre sans vouloir directement le prétendre que, finalement, ils durent sourire. Un petit sourire involontaire qui fondit sur eux, tous deux en même temps — un petit sourire libérateur. Il les rapprocha plus que si quelque chose eût été dit, quelque chose qui n'eût pu, en aucun cas, être dit comme il l'eût fallu. Car ils souriaient à la même chose. Par connivence... Ils avaient quelque chose en commun, un secret indéfini qu'il ne fallait pas trahir et qu'en fait on n'eût *pu* trahir — car il va sans dire qu'en vérité, ce n'était rien. Pouvait *paraître* n'être rien. Comme le scintillement dans une toile d'araignée, quelque chose qui ne souffre pas que l'on y touche. Car alors, cela peut devenir gris et pauvre tout ensemble. Mais c'était exquis, merveilleux, tel que c'était. Et c'était plus réel que toute autre chose, que les gens et le brouhaha autour d'eux, que leurs propres paroles, ces mots usés, ordinaires qu'ils échangeaient, que tout le filet gris qui recouvrait le monde. Eux deux, qui tout à l'heure ne se connaissaient pas, ils avaient déjà quelque chose en commun — quelque chose de grand, d'insaisissable, d'inoubliable. Ils avaient ce sourire. Une intimité silencieuse avec quelque chose d'étranger, quelque chose dont on ne savait ce que c'était. Cela donnait le sentiment d'une aventure, passionnante, incertaine... Et, en vérité, ne souriaient-ils pas du bonheur de s'être rencontrés ?

De quoi parlaient-ils à présent ? Certainement d'autre chose, de ces choses qui leur tenaient à cœur, qui les absorbaient, auxquelles ils s'intéressaient, de ce qu'ils aimaient, de ce qu'ils pensaient, de leurs points de vue sur... Mais parfois, ils s'arrêtaient. Ils souriaient... Ce n'étaient que des mots, bien sûr, de ces choses que l'on dit.

Mais ils pouvaient bien en parler. Comme deux personnes côte à côte... deux personnes en voyage, peut-être bien loin dans quelque pays étranger... et qui parlent, ravis, de ce qu'ils sont en train de regarder ensemble, du paysage, du panorama, charmés de la fascinante beauté de tout cela... Jusqu'à ce que l'un d'eux pose sa main sur celle de l'autre :

— A quoi penses-tu ?

Mais soudain, ils parlèrent tout simplement d'eux-mêmes. Tout à coup, très naturellement, ils se trouvèrent passer à ce sujet, se mirent à parler de leur vie, du plus intime d'eux-mêmes. Tout soudain, voilà qu'ils pouvaient s'ouvrir entièrement l'un à l'autre. Se racontaient avec chaleur, avec ardeur... Jusqu'à ce qu'ils sourient de leur ardeur. Un sourire merveilleux, fugace, qui se mua en gravité, ils retrouvèrent le silence, ensemble, glissèrent dans le silence... comme deux personnes côte à côte au bastingage et voici que tombe la nuit, car les rivages au loin s'estompent, ainsi que la mer et le ciel... en vérité, on n'entend même pas le vent dans les voiles, dans les câbles... partis silencieusement dans l'inconnu, toi et moi... — Qui es-tu ?

Il remarqua qu'il y avait quelque chose de douloureux dans son sourire, que cela fût possible ou non. Quelque chose de triste. Peut-être pas quand elle souriait, mais au moment précis où son sourire s'effaçait. Un petit pli presque imperceptible, près de la bouche, dans cette peau infiniment sensible, si proche de lui qu'il pouvait discerner chaque nuance, et là où le fin duvet donnait à son visage quelque chose de délicat, d'intact, presque comme chez un enfant. Rien qu'un soupçon de douleur... A cette vue, quelque chose monta en lui, un sentiment violent de — il ne savait quoi. De tendresse, de bonté; il eût voulu offrir, comprendre, voulu vivre pour quelque chose, faire quelque chose de grand, de splendide dans sa vie... en faire pour ainsi dire une seule grande offrande. Et puis ce regard qui l'attirait comme involontairement, qui s'ouvrait dans toute sa chaleur farouche... ne le suivrait-il pas jusque dans sa solitude, à l'intérieur de son âme, de l'univers où elle évoluait?...

Merveilleux... Deux êtres qui se rencontrent. Qu'y a-t-il de plus vague, de plus insaisissable, et qui donne tout de même, soudain, une éternité si mystérieuse à la vie, qui la rend si manifeste? Simplement parce que tu perçois l'être de quelqu'un d'autre. De quelqu'un qui vit, qui existe, tout près de toi.

Toi-même, tu existes. Mais ce n'est rien. Ce n'est que toi, n'est-ce pas? Mais que cet autre être existe réellement, cela te remplit d'émerveillement. C'est comme si la vie s'était dévoilée à toi, dans ce qu'elle a de plus intime, dans son mystère même...

Autour d'eux, la grande salle bourdonnait. La musique jouait, la danse avait commencé, depuis longtemps certainement. Ils ne remarquaient rien, semblaient n'avoir conscience de rien. En vérité, il lui demanda une fois si elle voulait danser, car il venait de se rendre compte de l'endroit où ils se trouvaient — et s'élancer avec elle, cela lui parut soudain ce qu'il y avait de plus magnifique à faire, et tellement accordé à l'ambiance dans laquelle ils étaient. Mais elle secoua la tête pour toute réponse.

Non, elle avait raison. Ce qui se mouvait en eux était vraiment trop extraordinaire. Ils ne pouvaient s'exposer à être bousculés parmi les gens, pas maintenant. Il leur fallait rester seuls l'un avec l'autre.

Oui, seuls, ils l'étaient réellement au milieu de ce brouhaha et de ce tourbillon. Tous ces gens, cette radieuse salle de fête, cela ne signifiait rien pour eux, assis là l'un en face de l'autre, saisis par quelque chose qui était si loin de ce monde. Ils ne lui appartenaient pour ainsi dire plus. Un autre s'était ouvert à eux, merveilleux plus qu'ils n'avaient jamais pu le rêver... Ils étaient soulevés dans ces sphères, dans ce monde où ils sentaient que désormais ils devraient vivre, et là seulement. Soulevés par un sentiment de bonheur inexprimé, exultant, dont ils voyaient, dont ils savaient qu'ils le partageaient.

La soirée s'écoula tout entière sans qu'ils eussent la moindre notion du temps. Ils se trouvaient là, simplement, tous les deux, l'un pour l'autre, confiant le plus intime d'eux-mêmes, leur être, leurs pensées — toute leur âme pour ainsi dire. Lorsque enfin l'heure vint où tout le monde se mit à s'en aller, il leur parut qu'ils se connaissaient depuis une vie entière et qu'ils avaient été unis par d'invisibles liens.

Il demanda en souriant s'ils ne devaient pas, eux aussi, penser à s'en aller. Oui, fit-elle d'un signe de tête. Cela paraissait presque mélancolique de s'arracher à cet instant où ils s'étaient rencontrés, et même à la place où ils étaient assis, à cette table un peu en retrait où ils avaient vécu cette soirée inoubliable — il le pensait aussi. Mais ils ne se quitteraient pas non plus ! Non, non. Il n'était pas question de se quitter. Jamais plus, certes...

Il lui adressa un chaud regard, comme un long remerciement silencieux, et ils se levèrent. Se dirigèrent vers la sortie, elle devant, et lui quelques pas en arrière.

Il marqua un temps d'arrêt, comme si son attention avait été arrêtée par quelque chose. Elle était boiteuse.

Le vestibule était plein de monde. Il semblait très impatient, comme s'ils eussent été pressés. Où sont vos habits ? Est-ce là ? ou là-bas ? puis-je vous aider ? si vous voulez bien me donner votre ticket. Merci ! Je vais aller les chercher ! Asseyez-vous ici un moment ! Je reviens tout de suite.

Il se fraya un passage parmi les autres, qui lui firent place de mauvais gré. Se trouva coincé. Resta là à attendre. Retourna les tickets. L'un portait le numéro 5, l'autre, le 127. Cinq et cent vingt-sept. Il dut attendre longtemps. Quand enfin il arriva au comptoir, il resta là à regarder les autres recevoir leurs habits, oubliant de tendre ses tickets. Pour finir, une bourrade sans douceur le réveilla. On lui remit son pardessus et un manteau de castor, moelleux et doublé de soie. Il avait quelque chose de doux et de chaud — comme ce genre de vêtements ! Il s'ouvrit un passage à travers la presse.

— Voilà, enfin ! C'est inouï le temps que ça prend !

Il l'aida à enfiler le manteau. Et à mettre ses bottines. Quand elle était assise, on ne remarquait rien, bien entendu. Le mollet droit était peut-être un peu plus mince que l'autre.

Ils descendirent l'escalier en silence. Cela la gênait, certainement. Il en avait l'impression, du moins. De fait, elle se tenait à la rampe.

Dehors, il y avait un clair ciel d'hiver, des étoiles. La

neige fondante avait regelé, mais on ne sentait pas le froid.

— Comme il fait beau tout à coup ! dit-il en enfonçant ses mains dans ses poches.

— Oui, répondit-elle avec un petit frisson.

— On ne l'aurait pas cru ce matin ! Quel temps affreux nous avons eu, tout gris. Ce serait une bonne chose que nous ayons un vrai hiver maintenant. Tout ce gris vous rend mélancolique.

— Oui...

— Mais où ai-je la tête ! Vous voulez sans doute un taxi ?

Non, elle préférait marcher. C'était étrange. Mais c'est ce qu'elle voulait. Elle trouvait qu'il ferait bon prendre l'air un moment.

— Tant mieux ! Puis-je vous accompagner ?

— Mais oui, si vous en avez envie !

— Mais voyons, je ne désire que cela...

Ils enfilèrent la rue.

— Il doit faire quelques degrés en dessous de zéro, dit-il.

— Oui, je crois bien.

— Quelle heure est-il, au fait ? Une heure et quart ! Tant que cela ! Le temps a vraiment passé vite.

— Oui, on n'y pense pas quand on reste à parler de la sorte, dit-elle.

— C'était une fête assez réussie, ne croyez-vous pas ?

— Mais si...

— Assez bien organisée. Et la salle des fêtes semble assez chic maintenant qu'ils l'ont remise à neuf. Un peu banalc, bicn entendu, mais tout de même. Pas si mal, en fait. N'est-ce pas aussi votre avis ?

— Si.

Ils se turent. Il entendait son pas, et qu'elle boitait.

A un croisement de rues, ils s'arrêtèrent. C'était bien

par ici qu'ils devaient aller, n'est-ce pas ? — A la lueur du réverbère, il vint à rencontrer son regard. Il en fut un peu décontenancé. Quelque chose de nouveau s'y voyait-il ? Quelque chose de moqueur ? Non, il n'y avait absolument rien de tel... Il était seulement d'une gravité parfaite — tout à fait comme auparavant. Mais certainement, plus profond tout de même, pour ainsi dire. Et parfaitement ouvert, si loin qu'il voulût y pénétrer. Il était si ouvert qu'il paraissait indifférent — regardait quelqu'un, voilà tout. Mais il avait en soi quelque chose de brûlant, son étrange feu merveilleusement scintillant.

Ils poursuivirent en montant la rue transversale. Il n'y avait pas un être humain, on n'entendait que le bruit de leurs pas.

— Nous avons eu une soirée splendide ! commença-t-il avec chaleur, d'une autre voix, celle qu'il avait quand ils se trouvaient à l'intérieur.

— Vous trouvez ? dit-elle d'une voix sans timbre, comme indifférente.

— Oui, je trouve ; il est tellement rare de pouvoir parler de la sorte à quelqu'un.

— Ah bon ! Vous n'en avez pas l'habitude ?

— Oh ! Comment en trouverait-on l'occasion ? Ce doit sûrement être quelque chose d'infiniment rare. Hélas !... Il faut bien reconnaître que cela ne m'est jamais arrivé... Et vous ? demanda-t-il.

— Oui, je pense que ce fut une agréable soirée.

Il la regarda un peu. Regarda une auto qui passait avec son petit fanal à l'arrière. Et les boutiques verrouillées, presque rien que des volets de fer au rez-de-chaussée, d'un bout à l'autre du chemin. Il semblait qu'il n'y eût rien d'autre que des magasins...

— Evidemment, c'est assez bizarre, commença-t-il... Oui, je veux dire, qu'ainsi, tout à fait par hasard...

— Quoi donc ?

— Eh bien ! que nous nous soyons rencontrés...

— Oui, bien sûr.

Il boutonna son gant qui lui revenait sur la main, arrangea son écharpe sous les revers de son pardessus.

— Pour moi, ce fut un véritable événement, dit-il. Pouvoir rester à bavarder ainsi... C'est stimulant ! Ne le pensez-vous pas ? — Et avec une femme. Ce n'est pas tellement habituel, n'est-ce pas ? Je crois que cela ne m'est jamais arrivé. Il faut bien le dire.

— Non, c'est peut-être inhabituel, dit-elle d'un ton monocorde, l'air las.

Ils pénétrèrent dans une autre rue où il y avait plus de monde. Puis de nouveau dans une plus vide, mal éclairée, qui avait l'air désolé. C'était un quartier assez ennuyeux.

— De quoi parlez-vous donc aux femmes, d'habitude ? finit-elle par demander après un long silence.

— Oh ! rit-il, de n'importe quoi. Comme tout le monde en de telles circonstances, je suppose. Mais cela m'amuse si peu. Il faut bien que je l'avoue franchement.

— Non... finit-elle par dire. Pour ma part, je dois dire que je ne me soucie guère de parler à un homme de cette façon. Cela ne me convient sans doute pas.

— Non. On s'en rend bien compte.

— Ah oui ?

— Oui, et cela, je l'apprécie tant. Je ne m'entends pas à ce jeu superficiel qui est de rigueur dès qu'il arrive à un homme et à une femme de se trouver ensemble...

— Oh ! pourquoi pas, dit-elle. Il n'y a sûrement pas de mal à cela.

— Non... bien entendu.

— Ce n'est pas la peine d'y mettre tant de solennité non plus.

Ils ne parlèrent de rien pendant un moment. Passèrent sur le trottoir d'en face, pour prendre une rue transversale.

— Alors, nous aurions pu rester à bavarder d'une tout autre manière, ce soir, lança-t-il.

— Oui, peut-être.

— Et vous auriez préféré ?

— Non... Je n'aurais pas préféré. Je n'ai pas dit cela... Sa voix hésitait un peu.

— J'ai peine à imaginer comment nous aurions conversé autrement, dit-il.

— Oui... C'est sans doute tout naturellement que nous avons parlé de la sorte.

— C'est ce que je pensais aussi...

Il poursuivit sa marche un moment sans parler.

— Le plus souvent, il va sans dire qu'on prend bien garde de parler d'autre chose que de ce que l'on ne veut pas dire, poursuivit-il. C'est bien à cette forme de conversation que l'on est le plus habitué. Mais... Je ne sais pas. Je ne me serais jamais aventuré à parler ainsi avec *vous*.

— Cela me fait plaisir de vous l'entendre dire ! répondit-elle en tournant vers lui son visage. Il ne le vit pas bien, mais il entendit au son de sa voix qu'il avait dû s'éclairer.

Ils ralentirent le pas — car il ne restait sûrement plus grand chemin à faire ? Elle ne marchait pas si facilement non plus, pas si facilement qu'il y paraissait, c'était bien possible. Et puis il ne fallait pas qu'elle se fatigue. Rien ne pressait, bien sûr.

Ils se mirent à bavarder. Plus comme précédemment, revinrent à pas mal des choses qu'ils avaient touchées alors, mais peut-être de façon plus fugace ; en fait, ils pouvaient certainement en parler mieux *maintenant* — de cette manière désinvolte. Ils pouvaient, pour ainsi dire, raisonner davantage, exposer avec plus de clarté le cours de leurs pensées. Et tout de même ressentir la joie de l'intimité qui régnait entre eux.

— Voyez-vous, dit-il vers la fin, j'ai le sentiment que nous avons tant de choses en commun. Ne le croyez-vous pas aussi ?

— Si. Je le crois.

— C'est sûrement cela qui nous a fait nous rapprocher tout de suite ainsi. Comme des camarades. Ni vous ni moi, certainement, ne nous livrons si facilement à autrui, cela n'en a pas l'air. C'est bien cela, n'est-ce pas ? Non, moi non plus. Mais cela s'est fait avec un tel naturel...

— Oui...

— Pour ma part, j'ai le sentiment d'avoir trouvé un vrai ami. Et avant cela, j'étais tout à fait seul.

Elle le regarda, furtivement, comme sous l'effet d'un bonheur serein, effarouché.

— C'est aussi ce que je ressens, dit-elle à voix basse.

— Oui... commença-t-il un moment après en rompant le silence, comme on est seul en vérité parmi les hommes. Il me semble toujours que l'on marche comme parmi des étrangers.

— C'est assez pareil pour moi aussi.

— Ce doit être cela que j'ai vu en vous... Vous êtes certainement de celles qui ne se livrent pas.

— Oui, c'est sûrement une habitude que j'ai prise.

— Mais maintenant, nous avons trouvé un vrai ami — tous les deux, n'est-ce pas ?

— Oui ! répondit-elle joyeusement.

Ils étaient pénétrés d'une sorte de solennité, d'une joie sereine de ce qu'ils ressentaient. Ils avaient dépassé l'endroit où elle habitait et durent revenir sur leurs pas. Restèrent devant l'entrée de la maison.

Il lui prit la main. A travers le gant, il put noter sa chaleur, comme si elle avait été dénudée. De nouveau, ils se tenaient l'un devant l'autre, il la voyait de nouveau, pour la première fois depuis qu'ils étaient sortis, sa pure beauté avec cette réserve, cette gravité qui lui donnaient un caractère si profondément personnel. Son regard avait quelque chose de rayonnant quand il rencontra le sien. Puis il parut changer, perdre de son éclat, prendre plus de chaleur. Et son visage devint si étrangement nu, animé d'une telle vie intime, absolument transfiguré...

Il la prit soudain dans ses bras et l'embrassa fougueusement, sa bouche splendide, entrouverte, qui se fit large et douce tandis qu'elle s'arrachait à lui. — Non, non, haleta-t-elle en fuyant vers la porte. Il la suivit, mais elle le maintint à distance, comme implorante. Ils restaient haletants, sans pouvoir rien dire. Se contentant de demander dans un murmure quand et où ils se reverraient. Puis elle le repoussa et disparut à l'intérieur.

Il revint véhémentement sur ses pas, troublé, entendant sa respiration...

Qu'y avait-il ?... Un moment, il lui sembla presque avoir oublié, comme si tout était calme en lui. Il sentit quelque chose d'humide autour de sa bouche et leva la main pour l'effacer... non... il remit sa main dans sa poche. La vit devant lui. Son visage, sa joue... Sa tempe... son oreille parmi la chevelure. Et quelque chose de doux qui glissait sur ses lèvres et s'échappait...

Oui... Mais, en fait, comment cela était-il arrivé ?

Il n'aurait pas dû...

Non, il avait agi comme un fou, hein ? Cela devait bien être...

Mais pourquoi alors ? — Oui, c'était l'évidence même...

C'était incorrect... Il avait agi incorrectement...

Mais qu'elle était magnifique... — Et quelle extraordinaire personne c'était ! ce *devait* être... Avec ce quelque chose de retenu, de farouche qui cachait tant... quelque chose de fort... de vivant... — Oui, quel être extraordinaire c'était...

Il marchait tout empli d'elle, de son âme telle qu'il la pressentait, la ressentait en soi comme une vie neuve, mystérieuse, qu'il avait reçue en présent, une vie délicate... quelque chose de calme, de brûlant...

Pensez... Pouvoir investir une telle personne, totalement, parfaitement... avec toutes ses pensées et ses rêves... Pour *toujours*, pour *la vie*...

Oui... n'est-ce pas extraordinaire. Que nous nous soyons enfin rencontrés... Que nous rencontrions une autre âme, une âme apparentée, par laquelle nous nous sentons attiré...

Certes, c'est extraordinaire...

Il releva son col et enfonça ses mains tout au fond de ses poches. Il y eut un courant d'air froid quand il tourna le coin et s'engagea sur la promenade.

Mais comme il se précipitait ! Il serait bientôt près de chez lui. Il pouvait bien marcher d'un pas un peu plus calme. D'autant qu'il faisait vraiment bon se promener un moment. Comme cela, la nuit.

Oui... C'était seulement cette histoire de l'avoir embrassée. Pas autre chose... Non, ç'avait été une soirée superbe. Inoubliable...

Oui, ... *inoubliable*...

Il marchait, regardant le ciel d'hiver qui rayonnait au-dessus des branchages, vaste et solennel. S'abîmait dans ses pensées... Devant le portail, il marqua un arrêt, leva de nouveau les yeux vers l'espace béant où les étoiles brillaient d'une étincelante clarté.

— Oui, il y a des choses bien curieuses en ce monde, dit-il... Puis il chercha la clef du portail et monta chez lui.

Se déshabilla, un peu absent, se mit au lit. Essaya de lire un moment comme il en avait l'habitude, mais sans aller bien loin. Il pensait évidemment à elle. Eteignit.

Ne put dormir. Restait allongé dans l'obscurité, son image devant lui, pure, transfigurée, son merveilleux visage spiritualisé... C'était comme si elle eût été présente. Comme s'il sentait en lui la présence de son âme, l'âme d'une autre, en visite silencieuse, fugace, une âme mystérieuse et vive comme un oiseau...

Il garda la main fortement pressée sur les yeux... ils brûlaient comme s'ils étaient pleins de larmes...

Comme c'est amer... Que la vie est impitoyable, rien que douleur toujours, douleur, même quand le plus sublime vient à votre rencontre...

Il s'endormit les yeux brûlants, la main toujours pressée dessus comme pour pouvoir conserver en lui son image.

Quand il se réveilla le lendemain matin, il avait plus sommeil qu'à l'ordinaire. Il devait être tard ? Et qu'est-ce qu'il y avait donc ?... Comme s'il y avait quelque chose, quelque chose de spécial ? Oui, bien sûr, oui... Mais oui... — *Elle*.

Il resta allongé, à penser, à se souvenir... C'était dimanche, il pouvait rester couché un moment. Au fait, quel temps faisait-il ? Tiens ! très beau ! Non, alors, il ferait mieux de se lever.

Il flâna dans les deux pièces de son studio. Sortit du linge de rechange, une chemise et le reste, commença sa toilette. Se savonna longtemps et sans interruption, les yeux sur le miroir, sur la mousse.

Oui... Pensez, une femme comme elle, si seulement elle n'était pas boiteuse. Quel dommage pour elle. Une fille si épatante. Epatante de *toutes les façons*. C'était terriblement dommage...

Certes, certes, il voulait la rencontrer. Oui, très volontiers. A trois heures... Quel plaisir ce serait.

Il se rasa, se rinça, se bassina le visage avec une

serviette brûlante, puis se passa le visage à l'eau froide. Parfait. A présent, on se sentait un homme. Il s'essuya soigneusement les mains, les examina minutieusement, se cura les ongles.

Mais cela revenait au même, pensait-il, à *lui*, elle plaisait tout de même. Bien que, naturellement... — Oui, elle lui plaisait beaucoup, réellement. Elle avait en vérité quelque chose... oui, c'était précisément cela qui l'avait captivé dès le premier moment... quelque chose de *certain*...

Il se mit en devoir de se brosser les dents, puis s'avança près de la fenêtre. Regarda dehors. Quelle journée ! Resta là à fredonner dans l'air limpide. Puis il revint à ses pensées et à sa toilette interrompue.

Oui... bien entendu. — Mais elle comprenait bien aussi que... Oui, Seigneur Dieu... Sûrement, elle comprenait, ça allait de soi... Il secoua l'eau de sa brosse à dents. Il fallait se dépêcher pour être prêt.

Passa sa chemise, mit ses habits, chantonnant pour lui-même comme il en avait l'habitude quand il s'habillait. Choisit une cravate pour aller avec son complet, la noua devant le miroir de la chambre à coucher.

Comment cela se serait-il passé s'il avait su dès le début... — Oui, comme il était penaud...

Maintenant il était prêt. Passa en hâte son pardessus et sortit.

Le soleil brillait, essayant de faire fondre la glace dans les rues, mais à l'ombre, le givre restait intact et blanc. Ce n'était pas une journée morose ! Fraîche, splendide. On se sentait comme nouveau-né quand on sortait par un tel temps. Les arbres y faisaient comme un étrange duo en noir et blanc. Ils semblaient porter une sorte de deuil heureux — c'était beau, en tout cas. Assez extraordinaire. Il fallait faire une bonne, une longue promenade, voilà !

Il se mit en route pour sortir de la ville, vers la banlieue, des parcs et des bois où on rencontrait rarement âme qui vive. Ne revint vers chez lui que plusieurs heures après, un peu fatigué, d'un pas plus lent. Cela l'avait ragaillardi. Mais maintenant, c'était sûrement la fin de ce beau temps. Le temps se remettait au gris...

Oui...

Le ciel s'appesantissait sur la ville. Sur toute chose régnait une lueur d'argent gelée, fraîche et distinguée...

On n'avait pas la même impression qu'auparavant... Les gens avaient l'air gelés et moroses. C'était dimanche tout de même. A voir tout le monde, on sentait que c'était dimanche.

Bon ! à présent, il lui fallait aller déjeuner quelque part ! C'était l'heure. Et cette perspective le rendait maussade.

Il sauta dans un tramway. Revint dans le centre. Alla manger dans un restaurant où il était connu. Prit un peu de vin pour se stimuler un peu.

Oui, c'était une bonne façon de faire passer le temps. Il s'attarda à regarder par la fenêtre la ville embrumée. Le soleil semblait déjà envisager de descendre, l'air avait un léger reflet de rose dans le froid vif. Le cours d'eau qui passait, large et glacé, au bas de la fenêtre reflétait des nuages d'un rouge embrasé. Beau. Elles avaient leur charme particulier, ces journées en miniature — courtes, fugaces comme une vie humaine...

Au café, il alluma une cigarette. Resta à regarder le ciel à travers la fumée.

Oui. — Quel plaisir ce serait de parler avec elle. Il aimait tellement sa voix... Exceptionnellement agréable... Et elle avait quelque chose... on ne savait quoi... Il y avait toujours quelque chose au-delà des mots, ce n'étaient pas seulement eux que l'on écoutait.

Oui, certes, c'était un être particulier. Ce qu'il y avait de flottant, pour ainsi dire, dans son être... comme la vibration au-dessus d'une forte chaleur... l'air tremble sans que l'on voie directement le feu...

Oui... — Et puis quelque chose de si sage en tout ce qu'elle disait, une sagesse personnelle. Et puis ils s'intéressaient aux mêmes choses aussi. Voilà pourquoi ils se plaisaient tant à rester assis à bavarder ensemble. — Oui, ils avaient beaucoup en commun. Deviendraient sûrement de vrais amis. Il le souhaitait aussi, sincèrement.

Il soufflait la fumée, voyait les ronds grimper le long de la vitre qui se couvrait d'une légère buée, puis retrouvait sa clarté.

Et n'était-ce pas curieux... avant même de se connaître, n'ayant échangé que quelques paroles indifférentes... Pourtant, c'était comme s'ils avaient décelé une communauté spirituelle et s'étaient mutuellement compris...

Il avait trouvé cela si extraordinaire... quelque chose qu'il n'avait jamais encore éprouvé...

Oui, il est bien possible qu'existe entre deux âmes une affinité qui se ressent de cette façon et nous emplit d'un sentiment presque solennel, comme d'une sorte de recueillement. C'est peut-être le fond de notre être qui, sans notre participation, ressent ce qui l'attache à une autre personne — et soi-même, on se sent comme à côté pour ainsi dire, poussé un peu à l'écart, comme un intrus. En vérité, c'est ainsi qu'il avait presque ressenti la chose. — Avec nos sens grossiers, nous sommes peut-être trop imparfaits pour pouvoir être initiés. Nous ne pouvons que pressentir... — Comme un regard jeté dans un monde qui, pour le reste, nous est caché...

Oui, nous savons si peu de choses... Ne savons pas ce qu'il peut en être...

Sinon que des choses comme celle-là doivent être assez extraordinaires... Mais on peut en faire l'expérience... — Extraordinaire, que l'on rencontre quelqu'un, que cela existe...

Oui, les êtres humains sont chose rare. Et encore plus rare qu'ils puissent se montrer l'un pour l'autre tels qu'ils *sont* réellement, qu'ils puissent se dire l'un à l'autre, simplement et ouvertement, qu'ils existent — précisément qu'ils existent, *eux*.

C'est pour cela sans doute qu'il y a tant de solitude dans le monde...

Quelle heure est-il ? Deux heures et demie. Bon, il pouvait bien rester encore un moment.

On était vraiment tranquille, ici... — A coup sûr, personne dans tout le local, en dehors de lui ? Non, vraiment... Parfaitement vide.

Oui... il y avait quelque chose de particulier dans cette voix, il n'en avait jamais entendu de semblable... — Elle avait le don, pour ainsi dire, d'approfondir et de diversifier tout ce qu'elle disait — qui en devenait si intensément vivant. Se déployait vers quelque chose *de plus*... — Ce n'était jamais, en quelque sorte, une corde seulement qui vibrait en elle, c'était toujours l'instrument tout entier.

Un instrument riche, extraordinaire...

Il secoua la cendre de sa cigarette. Regardant fixement dehors, par la fenêtre.

Puis il revint au présent. But son café qu'il avait oublié. Reprit une tasse, pour avoir quelque chose à faire.

Est-ce qu'il n'était pas temps de s'en aller à présent ? Si.

Il se dirigea vers l'endroit du rendez-vous. Là, fit les cent pas sur le trottoir. Les horloges des églises sonnèrent trois coups.

Il la cherchait des yeux.

D'où viendrait-elle ? D'ici ? de là ? Non, elle arriverait sans doute de la place ? Mais pas encore, bien entendu.

Il était dans une véritable surexcitation. — Oui... étant donné la façon dont ils s'étaient quittés hier... naturellement, n'est-ce pas...

Que pensait-elle *de cela ?*... Mieux vaut ne pas le savoir, sans doute...

Mais c'est que, réellement, elle avait des lèvres si tentantes... Et en vérité, elles s'étaient entrouvertes, un rien, un rien seulement. Oui, il y avait un peu d'humidité qui les avait tenues serrées, et puis elles s'étaient entrouvertes... C'est cela qui...

Quelle heure était-il ? Dix. Dans ce cas, elle devrait arriver.

Il avait bien senti comme sa bouche était large, il ne l'avait pas imaginé... Douce et comme agitée d'un tremblement intérieur, bien qu'elle ne l'eût sans doute pas voulu. — Une bouche qui était comme elle-même, farouche et ardente en même temps... — Encore qu'à vrai dire, non... on ne pouvait qu'imaginer comment elle...

Le quart. — Mais pourquoi n'arrivait-elle pas ?

Oui, c'est vrai, les femmes ne sont jamais à l'heure... Mais maintenant, il devait bien être... bientôt vingt...

Et si elle ne venait pas ? — Si, naturellement. Il le fallait, absolument. Il en était parfaitement sûr.

Il poursuivit son va-et-vient d'un pas plus rapide. Dans un sens, puis dans l'autre.

Non, voilà qu'il allait être la demie ! — Et s'il lui était arrivé quelque chose ?... Alors, il ne pouvait être au courant. Pas téléphoner... Non, cela, il ne le *pouvait* tout simplement pas. Devait marcher, dans l'incertitude... sans savoir de quoi il retournait...

Il avait résolu qu'il lui était arrivé quelque chose ! Sans cela, elle serait arrivée. Oui, sûrement !

Bien que ce fussent des idées ridicules... — Oui, elle avait pu être écrasée en traversant la rue, puisqu'elle était... — Mais voyons, il n'y avait pas de raison, elle marchait aussi naturellement qu'une autre...

Voilà la demie qui sonnait... Bientôt moins vingt-cinq.

Non, c'était étrange. Comment savoir seulement ce qu'il en était. Pourvu que ce ne soit pas...

La voilà ! Sortant d'un taxi, là-bas.

Eh bien ! Heureusement que...

— Vous avez attendu ?

— Oh ! un moment seulement.

— Pardonnez-moi, j'ai complètement oublié de regarder l'heure.

— Oh ! Cela ne fait rien. — C'est gentil d'être venue, en tout cas.

— Oui, il ne fait pas précisément un temps à se promener.

— Non, vous avez raison. Préférez-vous que nous entrions quelque part ?

— Non... cela ne me dit rien. Nous pouvons bien marcher un moment en tout cas. Il faut que je rentre bientôt chez moi, malheureusement. Nous dînons plus tôt, le dimanche. Il faut bien que la bonne ait congé — si vous vous connaissez à ces choses-là.

Oui, il s'y connaissait. — Ils se promenèrent le long de l'eau. Parlant d'un peu tout. — Qu'avez-vous fait aujourd'hui ? voulut-elle savoir. — Oh ! Rien. Si, j'ai fait un long tour à pied vers la campagne. — Ah bon ! — Il faisait plus beau dans la matinée. — Oui, le froid est vraiment assez vif, maintenant.

Ils restèrent à regarder l'eau un moment, parce qu'elle s'était arrêtée au bord du quai. Les mouettes dérivaient par bandes criardes à travers le demi-crépuscule.

Puis elle s'emmitoufla dans sa fourrure et ils reprirent leur marche.

— Vous n'avez pas froid, n'est-ce pas ? demanda-t-il en s'inclinant vers elle et en la regardant. — Mais non.

Elle portait un autre chapeau, petit et ajusté, qui lui allait à merveille. Il voyait sa tête de profil, comme si elle eût été nue.

— Pensez, dit-il. J'avais des sentiments si étranges en attendant... Je m'étais vraiment mis dans la tête qu'il vous était arrivé quelque chose...

— A moi ?... — Mais... quoi donc ?...

Elle le regarda, un peu indécise. — Parce que je me suis fait attendre, dit-elle en souriant.

— Oui...

— Mais il n'y avait pas de raison...

— Aucune... Mais je ne sais pas, cela m'arrive parfois, mon imagination s'emballe.

— Oui, vous avez sûrement une vive imagination... A bien des égards.

— Peut-être... Vous n'aimez pas cela, si je comprends bien.

— Mais si, mais si !

Il marcha en silence un moment.

— Il n'est pas si étrange que je m'inquiète pour vous, poursuivit-il. Je ne pouvais m'en empêcher. — Et puis je pensais que s'il vous était arrivé quelque chose, je n'aurais pu le savoir...

— Mais que serait-il donc arrivé ? dit-elle à voix basse.

— Oui... on peut imaginer n'importe quoi, n'est-ce pas ? Et il n'était pas nécessaire que ce fût un accident, seulement quelque chose d'ennuyeux...

— Est-ce que cela vous importerait ? demanda-t-elle, et sa voix eut un tremblement.

Il s'arrêta.

— Oui, cela m'importerait, dit-il.

Elle s'arrêta aussi et le regarda. Un petit sourire frêle passa sur ses traits, si fugace et timide qu'il parut se demander s'il durerait. Quand il disparut, il ne s'effaça pas mais, pour ainsi dire, s'insinua en elle, demeura sur son visage sans plus se voir.

Elle continua doucement. Il l'entendait marcher, boiter légèrement sur le gravier gelé. L'idée l'accablait qu'il voulait être beaucoup pour elle, tout ce qui était en son pouvoir, et prendre soin d'elle, être toujours parfaitement bon…

— Je croyais que vous le saviez… dit-il avec une ardeur contenue dans la voix.

Elle regarda au loin sur l'eau.

— Je croyais…

Il voulut lui prendre la main, mais elle se déroba, alla jusqu'au quai. Comme il la suivait, elle secoua la tête. Il voulut parler… Mais elle posa la main sur son bras, presque suppliante…

Ils poursuivirent leur route en silence. Il respirait plus vite et regardait droit devant lui, les tempes lui brûlaient.

— Il y a tant de mouettes, dit-elle joyeusement. Que c'est beau, vous ne trouvez pas ?

— Si… c'est très beau.

Ils approchaient d'un parc où il n'y avait personne. Le crépuscule s'était insinué sous les arbres. Il s'arrêta devant elle, contempla son visage… Elle eut un regard vers lui, tellement ouvert, et pourtant timide, comme seul il pouvait l'être.

Puis il l'embrassa — doucement, comme en un recueillement passionné. Elle laissa faire, gardant les lèvres closes. La froidure du soir leur donnait un goût de fraîcheur.

Interrogateur et scrutateur, il la pénétra du regard,

la tenant toujours. Elle avait dans les yeux une gravité profonde. Rien de réprobateur, seulement une grande gravité. Et il sentait aussi une réponse muette se formuler en lui. C'était comme s'ils s'étaient rencontrés et compris.

Il n'y avait plus de quai à cet endroit-là. L'eau clapotait sur le rivage, le cours d'eau passait en glissant tout près. Autrement, on n'entendait rien. Seulement la rumeur égale de la ville où l'on avait allumé les lumières et où, sur les hauteurs, elles se mêlaient à la dernière lueur pâle du jour. Le long des quais, les rangées de lumières s'allumaient, mais au-dessus de la nappe d'eau tombait la nuit. Ils pénétrèrent en silence sous les arbres.

Il l'entrevoyait à côté de lui. Ici, sous les arbres, il faisait déjà nuit. Ils se promenaient comme solitaires, loin des quartiers habités, en quelque autre contrée. Seuls les accompagnaient à travers l'obscurité le lit sourd du cours d'eau et le cliquetis des glaçons qui s'entrechoquaient là-bas.

Près d'un réverbère isolé, il s'arrêta, la regarda... Son visage semblait pâle, la lumière isolée faisait comme une gloire autour d'elle...

Il voulut se courber... mais ne le fit pas. La lâcha doucement... De nouveau, ils entrèrent dans l'obscurité.

— Pourquoi... chuchota-t-il en retenant son souffle.

— Non...

Il attira sa main... La pressa fermement, calmement... attendant une réponse... sa réponse...

— Vous savez... cela ne devrait pas...

— Quoi ?

— Pas être... vrai...

— Si, si, murmura-t-il.

Ils se turent, marchant tout près l'un de l'autre. Au

loin, dans le noir, un canot glissa, avec un fanal d'un rouge éclatant, disparut dans la brume.

Elle guidait leurs pas par des allées latérales, les ramenait presque insensiblement vers la ville. Les sonneries des tramways commençaient à se faire entendre, cela faisait des lueurs loin parmi les arbres, les fils gelés crépitaient.

Ils se mirent à bavarder. De tout ce dont ils n'avaient pas encore eu le temps de parler. En vérité, cela faisait beaucoup de choses. Elle questionnait — que pensait-il, *lui ?* Oui ! — c'est aussi ce qu'elle avait pensé. Etait-ce vrai ? Elle avait l'air contente et heureuse de marcher ainsi et de converser avec lui, de choses qu'autrement elle pensait dans la solitude, qu'elle gardait pour elle-même. Sa voix prenait toute sa riche chaleur pour essayer d'exprimer ce qu'elle voulait dire, comment elle le sentait, afin qu'il comprît exactement. Lorsqu'ils venaient parfois à se regarder, ses yeux s'approfondissaient, prenaient comme un reflet joyeux.

Finalement, ils avaient presque atteint le portail de chez elle. Elle s'arrêta et dit qu'il ne devait pas l'accompagner plus loin.

Il lui prit la main. Ses joues avaient pris de la couleur, une légère rougeur après la promenade. Ce n'était pas la peine qu'elle se fatiguât tant, qu'elle le voulût absolument. Bien qu'à proprement parler, cela ne lui fît rien. Et elle n'en devenait que plus belle, plus superbe. Elle rayonnait... mais comme un peu absente... Ses lèvres étaient presque imperceptiblement animées de ce sourire flottant... son sourire...

Il ne put la voir ainsi... Et se séparer, simplement se séparer — de ce visage, si proche de lui... et pourtant pas proche, comme lointain pourtant... — Il l'embrassa... Sentit la forme de sa bouche splendide, ferme et fraîche. C'était comme s'il avait embrassé sa beauté elle-même. Comme si elle lui avait donné son visage à embrasser, son âme.

Sans un mot, elle le regardait... Tristement ? Heureusement ? Cela ne se pouvait interpréter. Mais elle lui demanda vraiment de s'en aller... Oui, oui, il s'en allait. S'arracha de son image...

Elle avança lentement dans la rue. Et entra, prit l'ascenseur. Contempla son visage dans la glace, gravement... lissa un tout petit peu ses cheveux vers l'arrière, sur une de ses tempes tandis que l'ascenseur arrivait en haut.

On venait de servir le dîner, elle dut passer à table directement. Sa vieille mère était déjà là, une petite dame aux cheveux blancs, avec des traits fins et les mêmes yeux qu'elle. — Comme tu as l'air fraîche et rose, ma fille, dit-elle tandis qu'elles s'asseyaient. — Vous croyez, maman ? Oui, il fait si beau dehors. — Oh ! vraiment ! Et moi qui pensais que le temps était si maussade.

Après le dîner, elle dut rester assise et lire à haute voix pendant que la vieille dame faisait une patience. Quand celle-ci se mit à réussir, elle fit une petite pause. Puis elles restèrent à bavarder un moment, comme d'habitude. Plus tard, elle joua du Mozart et quelque chose d'autre, quelque chose que son père avait eu coutume de réclamer. C'était le rituel du dimanche. Puis elles se souhaitèrent bonne nuit, s'embrassèrent sur la joue.

Elle rentra chez elle. S'assit à lire — mais laissa le livre sur ses genoux, ouvert trop loin, à l'endroit où il n'était pas encore coupé. Regarda devant elle, les yeux agrandis, absente...

Puis elle sourit d'un étrange petit sourire douloureux... Aperçut son visage loin dans le miroir et porta la main à ses cheveux, les releva un petit peu sur les côtés. Les pressa de nouveau, scrutatrice.

Redressa le coussin dans son dos et se rejeta lentement en arrière. La lumière tombait sur son visage levé. Sa bouche restait entrouverte, il y avait une lueur humide sur ses dents. Resta longtemps assise.

Enfin, elle prit le livre et se mit en devoir de lire. Le feuilleta à rebours, le coupa. Mais le laissa de nouveau retomber. — Rencontra son regard, là-bas dans le miroir...

Elle alla jusque-là et s'assit devant, les coudes sur la coiffeuse — se lissa légèrement les sourcils et les tempes. Souleva ses minces sourcils en sorte que ses yeux s'élargirent. Ses iris avaient de petites taches jaunâtres qui donnaient quelque chose de doré aux cercles sombres, les pupilles étaient grandes et tout à fait noires maintenant, dans la lumière.

Le regard scrutant encore l'intérieur de l'œil, elle se leva. Regarda autour d'elle un moment la chambre bien connue — alla replacer le livre.

Elle se déshabilla, mit un pyjama. Se massa le visage, essuya la crème. Mit une mince couche d'une autre crème pour la nuit.

Eteignit. Resta étendue, entendant le faible bruit venant de la ville, et, en elle-même, les battements de son cœur. Se tourna pour pouvoir dormir. De l'autre côté, selon son habitude.

Elle sentait un peu sa jambe, pour avoir fait cet effort. Cela ne signifiait rien. Quand elle en avait envie, elle pouvait certainement marcher autant qu'elle le voulait. Ce n'était pas ainsi. Cela fatiguait un tout petit peu seulement, pour le reste, cela ne lui faisait rien.

Quand ils se revirent, elle fit comme s'ils avaient l'habitude de se retrouver tous les deux — ils avaient un moment à eux de nouveau. Lorsqu'ils se furent écartés de la presse, qu'ils se furent enfoncés dans leur solitude et qu'il eut pris son visage aux traits sombres et passionnés, elle lui donna sa bouche, l'attira vers elle, comme s'il était sien. Elle se serra tout contre lui, le garda, la bouche brûlante et ouverte.

Ce fut si soudain qu'il en parut presque décontenancé.

Il balbutia son amour... quelques mots véhéments, décousus, la serra rudement contre lui. Et elle répondit dans un murmure, les lèvres près de sa bouche, sa chaude haleine pénétrant en lui... qu'elle aimait, qu'elle l'aimait...

Ils étaient enivrés, égarés... La soirée tout entière, ils allèrent enivrés...

Il passa au bureau un moment et dicta quelques lettres. Puis il repartit.

Il ne pouvait pas rester enfermé là-haut. Et ce n'était pas la peine non plus qu'il restât. En fait, n'importe qui pouvait s'occuper de ce qu'il faisait. C'était aussi mécanique et vide d'esprit que possible. Commandes, livraisons, conversations téléphoniques, correspondance... La même machinerie qui se mettait en marche chaque matin et arrêtait à cinq heures. A quoi servait-il, lui. A rien. — Et de toute manière, c'était son frère qui avait la direction, qui décidait de tout en fin de compte.

Simplement, lui aussi devait siéger là, y avait sa place. C'était une chose pour laquelle on est né. Dont on a entendu parler depuis l'enfance — la firme, la firme, les affaires... rien d'autre.

Comme on pouvait brûler intérieurement de désir... loin, très loin... on ne savait pas de quoi.

Si ! On savait... — de ce pour quoi on peut *vivre*, vivre vraiment, exister...

Ici, le temps pressait, sans trêve, sans répit. Occupé

par mille choses diverses, toutes nécessaires, absolument *nécessaires*. Toute l'existence remplie de mille petites choses, hachée en secondes, en menu-menu, en innombrables petits *maintenant*. Une existence emplie d'elle-même, génération après génération, comme la vie préfère l'être. La vie qui, au fond, a toujours assez de soi. — Et offre aux humains quelques années à vivre. Quelques secondes, quelques années...

Mais en nous, l'âme crie, appelle, nous appelle...

Crie pour avoir sa vie à *elle*.

Pour un feu où brûler — un *seul*. Une seule flamme où monter et se transfigurer. — Veut exister. Et veut devenir une. *Une*...

Cela s'entend à peine. Car elle crie si doucement. Comme si c'était son silence qui criait... — Se signalant par sa discrétion, pour ainsi dire. Brûle en ne brûlant pas, en quelque sorte.

Notre âme... abandonnée, étouffée — par nous-mêmes.

Oui... que sa vie était vide et pauvre. Confortable, dans son apparente activité, ses constantes occupations à... Quoi ? Rien... et à l'intérieur de lui-même ? N'était-il pas sans racines, seulement poussé par ses sentiments, rongé par son inquiétude — cette inquiétude qui était la seule chose qu'il eût à lui. Il n'avait à proprement parler qu'elle. Autrement, il n'était rien. Sans valeur, uniquement... Inutile, superflu, pour tout le monde, partout... N'appartenait à nulle part. N'avait pas de *foyer*. *Voilà*... Il n'avait pas de foyer du tout... en rien...

Oui, comme il était pauvre, pauvre... Jusqu'à *maintenant*. *Maintenant*.

Jusqu'à ce que *cela* fût arrivé.

Oui, il l'aimait, il l'aimait...

Comme il était extraordinaire de pouvoir ressentir *cela* ! Sentir son amour pour elle — sans limites, sans questions. Seulement comme un profond, profond souffle — de libération. De plénitude, de bonheur.

Oui, il *l'aimait*. Il le savait bien. Il exultait intérieurement de cette grande certitude épanouie... Il y avait quelque chose en lui qui avait subi une transformation. Quelque chose qui s'était éveillé, avait comme émergé de sa torpeur... Devenu si vivant, présent en lui. Et qui comblait tout vide — tout, tout.

C'était comme si son âme avait pu s'éveiller, comme si elle avait pu vivre, enfin... Vivre pour quelque chose... Pour *elle*. — Il sentait son attente recueillie en lui... A chaque instant... Recueillement, attente... Oui, oui... Il allait comme dans une constante veille.

C'était le *grand amour*. Il fallait que ce fût cela, ce qu'il y a de plus grand.

Un autre être humain à chérir, réellement, profondément. Pouvoir s'y laisser complètement absorber. Envers qui être tendre et bon. Quelqu'un à soutenir...

Oui, comme c'était extraordinaire... Il n'avait jamais rien soupçonné de cela avant. Pas avant maintenant. Maintenant que c'était une réalité.

Non, l'amour ne vient jamais comme nous le croyons, toujours autrement, avec quelque chose de particulier, quelque chose que nous n'imaginions pas. Ce qu'il avait imaginé était tellement banal... Oui, comme quelque chose de doux et de puissant, qui se saisissait de lui, le soulevait dans ses espaces — le faisait exulter de bonheur.

Nous ne savons rien du mystère. De *la passion*...

De ce qui ne sait pas exulter, de ce qui est trop profondément ancré en nous pour pouvoir devenir ne serait-ce que quelque chose comme de la joie... Ce que l'on appelle joie. Nous ne savons rien du *sentiment fatidique*, de la souffrance de l'amour...

Non...

Et puis, c'était précisément cela pourtant qui rendait

toutes choses si élevées et pathétiques, les élevait à une telle pureté, à une telle hauteur. Précisément cela pourtant... — Qui donnait quelque chose qu'il n'avait jamais auparavant ressenti devant une femme. Désir d'un *être humain*, de l'être le plus intime d'autrui...

Oui, il l'aimait, *elle*.

Pensait à elle... — A son oiseau... blotti dans sa main... le cœur tremblant... Caressait doucement, doucement... Sentait l'aile brisée...

Oui, oui... Dans la douleur, dans le chagrin, dans la difficulté et dans la peine était né leur amour. Avec des ailes qui ne veulent pas vous porter dans l'orage... Mais qui *devraient* les porter, il le *fallait*... Que l'on forcerait à les mener vers le haut, *vers le haut*... seulement plus haut, encore plus haut... malgré *tout*, malgré *tout*...

Oui, c'était ainsi qu'il avait toujours rêvé l'amour, sombre, marqué par le destin... Il n'y avait rien d'étranger pour lui en cela, il ne reculait pas. Tout cela lui était si familier. En rêve, il avait vécu dans cette ambiance... L'avait cherchée, avait été aspiré, attiré par elle... comme sans résistance... Sinon que, dans ces rêves, il ne s'était pas représenté de raison spéciale. Non... Cela devait tenir à l'amour lui-même, peut-être à l'excès presque torturant de la passion...

Mais dans ce qu'il affrontait à présent, la douleur était réelle, avait une cause.

Oui. Et néanmoins...

Il voyait un sens à cela. Il *comprenait*.

Comprenait comme il n'eût pu le faire auparavant. C'était sans doute ce changement en lui, peut-être précisément cela. Que tout ce qu'il avait rêvé et pensé s'était fait, pour lui, réalité. Douleur, bonheur, douceur et souffrance — tout. La vie elle-même était venue au-devant de lui.

Et pourtant il ne ressentait que calme. Attente. Il

allait comme dans une attente recueillie de ce qui viendrait, ce que voudrait la vie. Où elle l'emmènerait. Il était *prêt*.

Allait dans une secrète extase. Le visage ouvert et doux. Nu et sans défense comme l'est le visage de qui aime. Errait par ici dans les rues... sans trêve... les yeux voyant sans voir ce qui l'entourait. Il rencontrait des êtres humains, le flot des êtres humains, ne rencontrait personne... Etait loin. Etait en *elle*. A l'intérieur de *soi*.

Allait languissant d'entendre ses pas... et de s'asseoir à bavarder ensemble, comme seuls *ils* le savaient... que ce fût le moment de se rencontrer... d'entendre son pas bien connu...

Oui, c'était l'Amour. L'amour total. Celui qui ne pense pas. Tout comme l'âme ne pense pas, elle existe seulement, elle est, en soi.

Elle monta un moment, comme elle en avait l'habitude. Les deux pièces étaient allumées et la table dressée, selon les moyens de la maison, ce qu'il appelait ses petits arrangements personnels de fruits et de fleurs, les roses qu'elle chérissait dans une grande vasque et du mimosa qui répandait son suave parfum. Ils parlèrent d'un concert où ils étaient allés la veille, de Bach qu'ils chérissaient tous deux. C'était quand même lui le plus grand. Ce qui avait suivi n'avait rien ajouté en quelque sorte, car en fait, chez Bach, il y avait *tout*, et ce, dans la forme suprême que l'inspiration musicale pût atteindre. Mais ils devaient convenir, bien entendu, qu'il y avait aussi autre chose qui leur tenait à cœur, peut-être autant en fait, quoiqu'ils fussent, pour l'heure, tout occupés de Bach... Ils devaient le reconnaître ! Il faudrait être reconnaissant de ce dont on a pu jouir, dont on a pu se pénétrer en général. Et pour le fait que la musique existât ! Quel air aurait la vie sans cela. Oui, on ne peut l'imaginer, car ç'aurait été une autre sorte d'existence. Le rythme, la musique font bien partie de la vie que nous sentons en nous. On pourrait imaginer tout simplement la comprendre ainsi, avoir la faculté d'écouter la mélodie, le rythme secret qui se jouent à l'intérieur de nous-mêmes — imaginer que la vie *s'entendît*. Si nous possédions un tel sens. Ou — peut-être — si nous n'avions pas nos sens pour nous gêner, nous distraire constamment. On ne sait dans quelle mesure nos sens peut-être aussi nous émoussent, nous alourdissent, nous habituent à leurs fortes incitations. Pas ce que nous percevrions peut-être si tout était *calme*, une bonne fois. Parfaitement calme...

Il alla s'asseoir à côté d'elle, là-bas près de sa chaise longue, lui prit la main. Ils restèrent à se regarder. Puis il l'embrassa, tout en la courbant doucement en arrière.

— Ecoute...

— Oui.

Elle lui glissa les mains autour de la tête. Attira celle-ci à elle, s'attacha à ses lèvres. Il s'échauffa à ce contact, au parfum proche de sa peau, lui entoura les épaules et la tint en dessous de lui. Mais elle se redressa à force, l'écarta violemment, les mains formant écran devant son regard surexcité, profond... — Plus tard, plus tard... un jour... chuchota-t-elle. Il la regarda, sombre et suppliant. Mais elle secoua la tête. Fit une moue mi-réprobatrice, mi-consolatrice... Puis elle lui mit les bras autour du cou et couvrit sa bouche de baisers légers, caressants, ne faisant que la caresser au passage de la sienne. Il en haleta et la força à s'allonger, la maintint, parvint à lui dénuder les épaules, puis la poitrine presque, entoura de ses bras son corps nu.

Elle se ravisa soudain. Lutta pour se libérer ! Pour

pouvoir bouger les bras, s'échappa d'une torsion avec les forces du désespoir. Finalement, elle lui mordit la main de telle sorte qu'il dut la relâcher.

S'assit, tremblante. Puis éclata en sanglots véhéments.

— Arna ?... — Il essayait de lui parler, de la caresser... Elle pleurait de plus belle. Le repoussait.

— Mais Arna... tu sais bien... C'est seulement parce que je... — Arna !... Tu dois bien comprendre.

Elle tenait son mouchoir, humide et roulé en boule, sur ses yeux. — Tu ne t'intéresses à moi que pour cela, sanglota-t-elle.

— Moi ! — Comment cela serait-il possible !

Elle releva la tête et cessa de pleurer. Tassa son mouchoir dans sa main.

— Il semble que ce soit le cas, dit-elle.

— Comment peux-tu t'imaginer chose pareille... Et après tout ce que nous avons connu ensemble... — Et puis tu insinues que je voudrais seulement... Tu devrais bien comprendre que ce n'est pas possible.

Elle fixa le plancher à l'endroit où il se trouvait, sans lever les yeux sur lui. Restait à regarder, les yeux secs.

— Pourquoi dis-tu de telles sottises ? dit-il.

Il savait qu'elle avait tort envers lui et ressentait une tristesse morose, d'où qu'elle vînt. S'installa loin, près de la fenêtre. Aucun ne disait mot. Il régnait une sensation lourde et pénible, parce qu'aucun ne parlait. Il se mit à faire les cent pas.

Puis il alla à elle quand même. Lui prit la tête entre les mains. Lui caressa tendrement, doucement les cheveux.

— Ecoute... Tu sais bien que je t'aime... Ne le *sais*-tu pas ? Arna ?... Je t'aime plus que je ne peux dire, que je ne peux expliquer.

Elle le regarda farouchement, brûlante et sur ses gardes. Et il la prit et l'embrassa. Sa bouche n'était pas reconnaissable après les larmes, elle était comme défaite. La caressa très calmement.

Elle était comme alarmée. Mais chaude et douce, comme d'avoir pleuré eût-on dit. Se coula contre lui.

Lui passa le bras autour du cou et se mit à l'embrasser encore et encore, son visage humide contre le sien. Le pénétra de son regard... Ses yeux s'élargirent, comme pour s'ouvrir aux siens. Ils se sourirent — elle, pâle et sans souffle. Puis elle se glissa contre lui, se tint fermement, s'accrocha à lui en haletant... Il lui caressa la jambe qui était étendue et tremblait contre lui. La droite donnait une sensation de plus grande fragilité que l'autre — il retira sa main.

L'embrassa à la hâte, tendrement, et la redressa. — Lui arrangea les cheveux qui s'étaient complètement ébouriffés, dégagea son front d'une caresse. L'aida à le faire. — Elle eut un tout petit sourire contraint et retira la tête. Prit un peigne et rejeta ses cheveux en arrière de quelques coups secs. Rajustant sa robe.

— Veux-tu goûter un fruit ? dit-il.

— Non, merci.

Après un instant, il prit une poire française et la pela.

— Ne veux-tu rien prendre ? s'étonna-t-il. Elle a merveilleux goût.

— Non, mon ami, je n'en ai pas envie.

Il mangea. S'y appliqua.

C'était comme s'il ne se passait rien... Seulement un petit raclement sur l'assiette. Et le plafonnier clignota un moment.

Apparemment, il lui fallut du temps pour en finir. Ils restaient là, silencieux.

— Donne-moi une cigarette, dit-elle.

Il alla les chercher, lui en alluma une. Avança des cendriers qu'il avait oubliés. D'en bas parvenait le bruit des tramways, mais faiblement, uniquement des rues transversales, là-bas.

Elle remonta sa jambe sur la chaise longue, mit un coussin sous elle et s'étira, se redressa afin d'être doucement étendue sur le dos. Resta allongée en fredonnant, les yeux au plafond. Etendit le bras et secoua lentement du doigt la cendre de sa cigarette. Continua... Rejeta la tête derrière le coussin et sourit pour elle-même, comme si elle venait de penser à quelque chose. Se haussa, comme si elle n'était pas allongée comme il faut.

Il se jeta soudain sur elle et lui arracha ses vêtements.

Elle le laissa venir, la prendre, enfouir son visage enflammé dans sa poitrine, mais sans le toucher. Gisant là, sa cigarette sur la table — la laissa tomber sur l'assiette, pour le cas où elle eût brûlé. Jusqu'à ce qu'elle s'éveille peu à peu, lentement, comme un animal qui se dresse imperceptiblement quand sa proie commence à s'approcher ; se cramponna à lui, douce et silencieuse, sans un bruit. Seul s'entendit un gémissement.

En lui, tout était exultation, exultation. Il l'aimait ! L'aimait ! — Oui ! Oui ! C'était vrai ! Il le *savait !* Il le sentait en lui, dans un bonheur ardent. Et parcourait ses seins de sa bouche, comme s'il allait les dévorer. Sur elle, sa bien-aimée. La saisit, tout contre soi, elle, elle... — Il n'y avait pas de doute... rien qu'un indicible, vertigineux bonheur... en elle... Il la pénétra du regard, pénétra ses yeux qui perdaient leur regard... — Et son sourire... douloureux, brisé... *son* sourire qu'il reconnaissait si bien en pleine ivresse... Il l'embrassait, ce sourire, embrassait sa souffrance même... car cette souffrance, c'était *elle, elle*... elle qu'il aimait... — Et quand elle enfonça la pointe de sa langue brûlante dans sa bouche... Oui, oui... Il l'aimait, *elle !*

En même temps qu'ils se mariaient, peu avant le printemps, il se démit de sa charge à la firme et n'eut plus rien qui le retînt là. La noce eut lieu dans la plus grande intimité, en présence seulement de son frère et, pour elle, de sa vieille mère. Le soir, ils partirent en voyage.

Partis, loin... eux deux. Le train s'enfuyait à travers la nuit. Ils écoutaient, enlacés... — Seuls ! Personne d'autre pour qui exister, qu'elle et lui. Rien d'autre au monde qu'eux, leur amour !... On ne pouvait s'en rendre bien compte, pas *vraiment*... Pouvoir ne vivre que pour cela, l'un pour l'autre ! Une vie entière ensemble ! Donné au bien-aimé, voué à l'amour, entièrement, totalement. Comme cela *devrait* être. Comme nous en rêvons, comme, tous, nous en languissons, au plus profond de nous-mêmes, languissant de pouvoir faire de notre cœur — une réalité...

Le paysage s'apercevait à peine derrière la vitre, quoiqu'ils eussent éteint la lumière dans leur compartiment. Rien que les étoiles. Pâles. Errant dans la vitre ruisselante d'humidité. C'était comme un rêve... un rêve à demi éveillé. Leur vie qui commençait. Mystérieuse... Emportés ensemble dans la nuit...

Loin, très loin jusqu'à un pays étranger, des gens inconnus, pour se cacher avec leur bonheur !

Vers la beauté, vers le sud ! La perfection.

Ils traversèrent des villes. Au-delà. Plus loin. S'arrêtèrent en des lieux où ils avaient séjourné, chacun pour sa part, une fois ou l'autre, mais qui leur semblèrent tout à fait nouveaux dans leur bonheur. Marchaient dans la cohue, la cohue étrangère où leurs voix étaient plus claires que celles de tous les autres. Allèrent plus loin. Partirent. Allèrent plus loin.

Jusqu'à ce que les Alpes disparaissent derrière eux et que le pays s'élargisse, comme baigné d'un soleil permanent. Non pas ensoleillé, non pas une belle journée, comme là-bas chez eux. Mais quelque chose de constant, quelque chose qui *était* ainsi. Qui s'étendait sous le ciel dénudé, ouvert et nu. Qui était le pays du Jour. La plaine leur semblait parée pour la fête avec la vigne grimpant en guirlandes parmi les arbres à perte de vue, sur des kilomètres et des kilomètres, des arbres en fleurs, comme dans un éternel printemps. Et quand les montagnes reparurent, elles étaient ensoleillées et claires, reposant dans la lumière. Se dressèrent de plus en plus hautes, avec des villes anciennes et des villages sur les sommets, élevés comme en extase vers le ciel, dans une extase heureuse de vie. Comme si la terre elle-même se dressait, pathétique, et offrait insoucieusement sa vie vers les hauteurs. C'était lucide, réel, proche de tout. C'était le pays du Jour.

Jusqu'à ce que le paysage de nouveau descende. Respire, calme, recueilli. Méditatif, solennel. Parfaitement calme. S'ouvrant comme une âme, nue et pure...

Toscane... Toscane... Avec de la vigne nouvellement éclose sur les collines, sur les souches noires, comme carbonisées. Avec les pentes grises d'oliviers, de verdure sereine, biblique, vieillie, blanchie par le soleil millénaire. L'olivier, l'aïeul des arbres, qui a grisonné au service de la terre. Les cyprès se dressaient au loin, écartés, comme en des lieux saints. Les pins élevaient leurs couronnes, planant comme des esprits. Vie, mort. Mort et vie.

Toscane...

Cela leur parut, dans leur bonheur sans fin, encore plus rigoureux qu'ils ne l'avaient imaginé. Très grave. Presque sombre, en fait. Mais sa beauté était quand même trop grande pour que l'on pût réellement en être accablé. Ils étaient saisis — libérés. Comme semble toujours libératrice la beauté. La beauté qui, finalement, ne peut que libérer...

Oui, de joie, ils étaient comme pris de vertige. Et quand ils eurent atteint Florence ! Joie d'être là ! Vagabondèrent, dans une ivresse de bonheur — mais que l'on sentait en même temps comme merveilleusement calme, comme recueillie. Parcoururent les rues étroites entre les palais qui se dressaient là, puissants et solennels. Presque sombres. Lurent les plaques de marbre au coin des rues, avec des citations de Dante...

Dante, Béatrice...

Ils se serrèrent l'un contre l'autre. Descendirent le long de l'Arno, silencieux, recueillis. Les yeux scintillants...

Vita nuova... — Une vie nouvelle, par l'amour...

Oui, comme pour eux...

Jusqu'à ce qu'ils se regardent... voient qu'ils pensaient la même chose. Sourirent... Entrelacèrent leurs doigts caressants, les glissèrent dans la main du bien-aimé, légèrement, imperceptiblement, se communiquant leur ardeur...

Ils pénétrèrent dans les églises où il y avait tant à voir et à savourer, se tinrent ensemble sous les voûtes obscures, ravis. Ils virent les œuvres d'art, vécurent toute cette splendeur, ce rayonnement que créa l'esprit humain, parfait, hors du temps. Cherchèrent leur chemin jusqu'à des sanctuaires retirés, jusqu'à des trésors inconcevables à travers des ruelles et des passages où les gens étaient assis à manger leur pain dans l'ouverture des portes ; à l'intérieur, le brasero brillait dans l'obscurité malpropre. Ils vivaient comme dans une constante extase.

Après un certain temps, ils montèrent à Fiesole, sur la pente qui descend la vallée, vers l'Arno. Se délassant, dans le soleil, parmi les roses. Sur les murs grimpaient de la glycine et de la clématite en fleur, débordant de la plénitude d'innombrables jardins, les villas étaient claires et ouvertes dans l'air printanier, leurs loggias pleines de parfums sommeilleux. C'était étourdissant. L'haleine du Sud vous assaillait dans son ardeur violente, flamboyante. Journées sèches qui rendaient la vie transparente comme verre et tenaient le corps tendu en une veille épuisante. Le soir, ils allaient par les sentiers autour des collines de Fiesole et s'attardaient dans le bosquet de pins du côté sud, là où persistaient les exhalaisons de résine, sous les arbres, après la disparition du soleil derrière les montagnes, tandis que les lumières commençaient à s'allumer en bas à Florence, tout le long de la vallée. Le jour baissait et ils se hâtaient de rentrer avant que le sentier ne devînt trop sombre. Cherchaient leur chemin à travers le jardin, pénétraient dans le hall et montaient chez eux sans allumer. Ouvraient les fenêtres pour laisser entrer la fraîcheur de la nuit. Silencieux, serrés l'un contre l'autre. S'enfonçaient dans leur amour, leur passion, subjugués, sans parole.

Le chant des crapauds sonneurs montait de la vallée. Les lucioles erraient au-dehors dans la nuit, entraient dans la chambre, comme des étincelles flottantes.

C'était doux, plus doux que tout de rester allongé ici, tranquilles, tout près l'un de l'autre, en attente, comme en attente sacrée, tandis que l'amour voûtait son temple, sa sainte nuit, au-dessus d'eux... Inconcevablement grand... L'espace ne cessait de s'approfondir, plus on le pénétrait du regard. C'était comme si les yeux s'emplissaient d'une merveille supérieure à toute merveille... Comme une solennité, un moment supraterrestre dans le temple, auquel ils avaient part...

Il se pencha vers elle, dans un bonheur indicible, tremblant... Alluma, pour la voir, pour pouvoir la voir, avant que la passion ne les enfermât en elle, dans son vertige. Et elle était allongée là, les bras sous la tête, ses petits seins tendus, presque imperceptibles, comme ceux d'un gamin. Tendue et scintillante comme une lame, attendant qu'il vînt. Résistait, ne voulait pas, l'obligeait à se faire plus violent.

Dehors, il y avait la Toscane avec la vibration de ses étoiles sur les collines, avec la scintillation des lumières tout au long de celles-ci, sur les hauteurs, sans qu'on pût distinguer ce qui était ciel de ce qui était terre.

Les jours fuyaient, grandioses, clairs, comme perles échappées de la main. Caressés tandis qu'ils se perdaient, glissaient outre. Précieux, inaliénables.

Etre emplis, emplis d'un unique sentiment d'exultation ! Puissant, impérieux. Brûlant à travers votre âme, vos membres, comme un feu tout-puissant. Joie de vivre, d'aimer. D'exister sur une terre aimée, large ouverte.

En bas, Florence s'offrait à eux chaque matin, dans une richesse prodigue, vaste et ensoleillée, sa cathédrale et son campanile en plein cœur. Avec ses palais et ses églises, ses coupoles et ses tours. Toute la vallée avec le ruban sinueux de l'Arno s'étalait devant eux quand ils regardaient au-dehors — d'un seul coup d'œil. Tout en haut, près de San Miniato, ils pouvaient apercevoir le David de Michel-Ange, nu et gigantesque, les yeux au loin, comme un souverain, un jeune dieu païen. Ils étaient subjugués. C'était assouvissant et riche comme un hymne. Et quand, dans le calme du dimanche matin, les cloches se mettaient à sonner en bas, toutes les cloches de Florence, celles de San Lorenzo, de la Sainte-Croix, de Santa Maria Novella, de Santissima Annunziata — et, au-dessus d'elles toutes, celle du campanile avec son timbre clair vers le ciel... On restait silencieux. Interdit. Dans l'émerveillement de ce chant de louange, dans le soleil, à travers la vallée... Tout autour s'étendait le paysage, sombre, solennel et comme aux écoutes. Nu comme un visage et inaccessible. Comme abîmé en lui-même.

Ils ne pouvaient s'arracher à ce site recueilli qui avait

ainsi captivé leur âme. Restaient semaine après semaine, plus longtemps que prévu. Ce ne fut que lorsqu'ils pensèrent qu'il commençait à faire trop chaud qu'ils s'en allèrent et se rendirent dans les montagnes. En haut, vers les lacs alpins, dans la légère fraîcheur venue des neiges éternelles. Le Nord folâtrait parmi les prés pleins de renoncules et de myosotis, mais plus grands, plus exubérants que dans leur monde habituel. Avec des myrtilles à l'orée des bois où ils restaient allongés à regarder les paysannes couper l'herbe à la faucille sur les escarpements à pic, les hommes la portant en grosses meules sur leur dos comme des bêtes de somme lourdement chargées. Ils menèrent cet été-là une vie libre et splendide dans cette nature grandiose, parmi ce peuple superbe et cordial. Montagnards sains, ouverts, satisfaits de leur condition simple. Surtout, joyeux, et facétieux. Quand on les rencontrait, leur visage s'éclairait toujours, même les petites vieilles et les vieillards usés jusqu'à la corde, voûtés par tout ce qu'ils avaient porté dans leur vie. Le paysage, dans sa sauvagerie, n'avait rien non plus de pesant et de sinistre comme son équivalent dans les régions nordiques. Il semblait toujours avoir un effet libérateur, comme une fête. Il était grandiose et souriant tout de même, accessible. La nuit, vers le lever du soleil, il arrivait que l'on se réveillât au son du cor de chasse qui résonnait dans les montagnes, que l'on entendît la jeunesse rentrer au village, l'oreille suivant les sinuosités du chemin qui s'enfonçait lentement à travers la vallée.

Ils eurent là un long, inoubliable séjour. Vers la fin de l'été, l'un des derniers jours, ils firent une promenade d'adieux en haut dans la forêt, plus haut qu'à l'ordinaire, vers un endroit d'où l'on devait avoir une vue particulièrement belle. Le temps s'était fait d'une douceur suprême, c'étaient de ces jours où la chaleur avait une pointe de fraîcheur d'automne qui la rendait infiniment légère à respirer. Les arbres avaient déjà commencé à changer de teinte, à prendre les couleurs profuses de l'automne, les châtaignes attendaient qu'on les récolte, le jaune des noyers s'embrasait dans le bas de la pente, comme pour en faire de puissants flambeaux. Ils allaient, jouissant de toute cette splendeur et de respirer l'air pur. Le sentier était escarpé, mais ils le prirent lentement pour n'être pas trop fatigués. Quand ils arrivèrent en haut, la vue était absolument ravissante. Ils restèrent ensemble à regarder, sans rien dire. Le cœur gros, comme quand on s'attarde à regarder de haut une région que l'on doit quitter et que, vraisemblablement, on ne reverra plus — on ne pouvait y croire. Emplis d'un bonheur extraordinairement prenant, mais aussi de mélancolie.

Derrière eux, il y avait une clairière couverte de gazon où ils s'assirent pour se reposer un moment. Il y avait là une petite bicoque de pierres brutes, du genre de celles où l'on rentre habituellement les moutons pour la nuit, mais trop petite pour remplir cet office, en ruine, à demi effondrée sur un coin. Au-dessus de l'entrée, une croix était peinte à la détrempe. Quand ils ouvrirent la porte branlante et regardèrent à l'intérieur, ils virent que c'était une chapelle. Contre le mur d'en face, il y avait un autel recouvert d'un journal jauni en guise de nappe, découpé en dentelures, comme l'on fait pour les rayonnages dans un office. Au mur, il y avait une petite image poussiéreuse de la Madone avec quelques fleurs devant, dans un verre ébréché. Ils trouvèrent cela tout à fait émouvant dans sa simplicité, surtout cette nappe d'autel, et restèrent là longtemps dans la pénombre. Sans ce mur écroulé, il eût fait presque noir.

Ils pensaient tous deux, une fois sortis, qu'ils s'étaient rarement trouvés dans un temple qui incitât ainsi au recueillement. Et puis un site si ravissant! Tout en bas sinuait le lac, bleu profond avec des rives escarpées, qui, dans cet éclairage, avait des miroitements de nacre.

Mais il fallait bien rentrer. Ils ne devaient pas abuser de leurs forces s'ils voulaient avoir largement le temps de descendre afin d'arriver à temps voulu pour le dîner à l'hôtel. Il valait mieux se mettre en route. En fait, descendre était plus fatigant pour son pied, bien qu'il l'aidât dans les endroits difficiles. Quand ils furent arrivés, elle avait un peu mal, mais pas au point d'avoir besoin d'y prêter attention, elle se contenta de s'étendre et de se reposer un moment tout de même.

Quelques jours après, ils s'en allèrent. Repartirent fortifiés vers le sud, vers tout ce qui les attendait encore. Dépassèrent la Toscane qui était brûlée, comme calcinée et qui les impressionna peut-être moins que la première fois, encore que la sensation restât très forte. Et ils visitèrent alors d'autres lieux, Lucques, Pise et l'austère, la médiévale Sienne, ajoutant de nouvelles expériences à celles qu'ils avaient déjà faites. Descendirent ensuite en Ombrie, le pays de l'extase religieuse, où les chemins parmi les monts ont quelque chose de saint parce que François les a foulés. Se pénétrèrent de ce monde, du fourmillement des églises d'Assise, des cloîtres, des rues pleines de moines, et firent un pèlerinage jusqu'au lieu où, dans le désert, il reçut les stigmates. Continuèrent peu après sur Rome et y restèrent plus longtemps. Descendirent plus loin jusqu'au golfe de Naples, Sorrente ensoleillée où le soleil s'attardait encore.

Leur vie n'avait réellement été qu'une fête. A croire qu'il était impossible que l'on pût vivre ainsi. Si pleinement, si richement, si magnifiquement.

Alors, ce fut pour eux comme un nouvel été. Avec du soleil et des fleurs. Et la mer qui s'étendait là, juste as de leurs fenêtres. C'était la première fois qu'ils aient vraiment la Méditerranée, habitaient sur ses vages et l'entendaient se briser sur la côte en longues vagues invisibles. Le golfe s'élargissait, toujours aussi bleu, avec l'île rocheuse d'Ischia tout au loin, avec Naples et le Vésuve et, la nuit, l'interminable rampe lumineuse le long de la côte.

C'était un endroit fait pour le bonheur, pour les amants. Et ils étaient comme enivrés de bonheur ! Ils se sentaient comme païens dans toute cette beauté terrestre, cette perfection, mais en même temps, emplis de la solennité de l'amour, le cœur tremblant de sa grande merveille comme d'un puissant bruissement d'orgue. Leur amour semblait étreindre tout, ciel et terre à la fois. C'était comme un puissant instrument sur lequel jouer. Insoucieux et saint, folâtre et pourtant d'une sonorité toujours aussi pleine et profonde. Toute leur existence était comme un jeu insoucieux dans le murmure solennel de l'orgue.

On ne saurait comprendre comment un sentiment pouvait ainsi pénétrer tout votre être, unir si complètement l'un à l'autre deux êtres humains. Bien que chaque jour leur donnât tant d'impressions nouvelles, ils n'existaient réellement que l'un pour l'autre et toute chose, autour d'eux, prenait finalement sa valeur uniquement parce qu'ils la voyaient ensemble. Comme tout eût été pauvre sans cela ! La richesse venait de leur amour, par lui ils pouvaient tant retirer de tout ce qu'ils voyaient, se pénétrer ainsi, si l'on peut dire, de toutes choses. L'âme s'épanouissait et devenait sensible comme jamais encore, mais en même temps comme absente, passagère, songeuse, ne vivant qu'en soi, en fait.

Là, ils se mêlèrent vraiment au fourmillement bigarré du Sud, à la population joyeuse, accorte, qui laissait passer tous soucis. Jouirent de l'existence d'une façon purement animale, comme il convient, en fin de compte, de le faire ici.

Ils avaient découvert le véritable Sud et s'en étaient épris. Furent attirés encore plus loin vers le bas, par la Sicile, Taormina, Girgenti... Avec des temples grecs, des amandiers en fleur, la cime neigeuse de l'Etna brillant au loin... Tout ce que l'on pouvait désirer de terrestre beauté. — Jusqu'au moment où, vers le printemps, ils revinrent vers le nord.

Ils découvrirent que c'était exactement ainsi qu'il leur convenait de vivre. Ils étaient indépendants, et c'est ce qu'ils voulaient, se sentaient pleinement être. Ils n'avaient pas grand besoin des hommes et de la vie en société. Se suffisaient à eux-mêmes, se satisfaisaient de leur amour et de leur bonheur.

Ils continuèrent à séjourner à l'étranger. Ne revenaient chez eux que parfois, passer l'été, et une fois, involontairement au milieu de l'hiver, parce qu'elle venait de perdre sa mère. Souvent, ils habitaient sur la Riviera pendant la saison, mais loin du vacarme, de la perpétuelle vie de carnaval, des mascarades, des batailles de fleurs qui ne leur étaient rien. Ils préféraient le calme et presque une certaine solitude. Tous deux avaient une propension à cela et ce qui, en fin de compte, avait le plus d'importance pour eux était certainement la nature. C'était elle qu'ils recherchaient, là aussi, et le climat splendide.

Une grandiose nature leur était toujours une source de réconfort si, par hasard, ils se trouvaient ressentir de la fatigue ou de la monotonie. Peut-être était-ce pour cela qu'ils passaient tant de temps en voyages. Finalement, ce leur fut un besoin, pour ne pas s'attacher trop à quelque chose de fixe.

Ils avaient leur vie, voilà tout. Se laissaient absorber par l'existence même qu'ils possédaient en commun. Vivaient l'un pour l'autre dans une rare harmonie.

Ils avaient été heureux. Cela avait été parfait. Comme ils l'avaient pensé.

Ils se trouvaient chez eux, un été, plusieurs années après, habitaient au bord de la mer. S'assirent un après-midi sur la plage de sable et prirent un bain de soleil. Quelques petits enfants, de trois ou quatre ans, se baignaient un peu plus loin, remontaient pour jouer, s'ébattaient dans le sable pour retourner barboter dans l'eau.

— Il fait vraiment beau aujourd'hui. Vraiment brûlant, dit-il.

Elle approuva.

— Ce voilier n'a pas bougé de tout le temps. Il faudra bien qu'ils prennent les rames s'ils veulent rentrer. Mais c'est sans doute fini pour les estivants, je crois. — Vois-tu, voilà qu'ils se mettent à la rame ?

— Oui.

— Mais tu ne regardes même pas, s'esclaffa-t-il.

— Moi... Mais si.

Ils restèrent assis là un moment encore. Elle paraissait un peu absente.

— Tu sais, je voudrais qu'on s'en aille, dit-elle en se levant.

— Pourquoi ? Mais volontiers, si tu veux.

Ils pénétrèrent dans les rochers gris et ensoleillés, par une sorte de raidillon dont on ne savait pas bien où il menait. Arrivés à quelque distance du rivage, ils se couchèrent en haut d'un rocher où l'on avait vue droit sur la mer. Les écueils étaient usés, bas et polis par la mer. Au loin, il y avait un scintillement bleu.

— Il y a du vent là-bas, dit-il en montrant un endroit au loin. Tu vois, juste là-bas, au-delà du Bullareskär. Et au large, près de Hovö, il fait frais.

Elle ne répondit pas mais regarda de ce côté-là un

regard, plongea dans son regard ouvert, un peu fatigué.

Cela lui fit mal de la voir. Il savait que ce n'était pas de sa faute à lui, car il avait une fois, dans sa jeunesse, rendu enceinte une fille. La caressa tendrement, avec une ardeur contenue, l'embrassa en hâte pour que les passants ne les remarquent pas. Mais s'attarda au-dessus d'elle, contre son visage. Glissa sur son front, en repoussa les cheveux doux d'une caresse. A leur racine, on pouvait les distinguer chacun séparément dans la peau fine.

— Je vais te dire... Je crois que deux êtres qui n'ont pas d'enfant peuvent en venir à avoir d'autant plus d'importance l'un pour l'autre. Signifier tant l'un pour l'autre. Comme nous. Ils peuvent remplacer, dans leur amour, ce dont ils ont dû se passer de la sorte. Ne le crois-tu pas ?

— Si, dit-elle. C'est sans doute ainsi.

Il observa son visage. Mince et comme un peu tendu. Le teint était pâle avec tout de même ce ton chaud qui lui appartenait, et sans hâle, elle ne bronzait jamais.

— On s'en va, dit-elle.

— Tu ne préfères pas rester ici ? dit-il en souriant.

— Si... Mais nous pouvons tout de même marcher un peu.

Ils quittèrent la plage rocheuse, jusqu'au sentier qui descendait vers le rivage. Oh non ! Ils pouvaient bien remonter un peu vers l'intérieur, plutôt que de redescendre. Elle pensait qu'ils feraient mieux.

Ils firent une promenade d'une heure.

Le soir, lorsqu'ils furent montés chez eux après le souper à l'hôtel et qu'elle se fut assise dans le sofa comme elle en avait l'habitude, elle dit :

— Halvdan... crois-tu que cela dépende de moi ?

— Mais, ma chérie... Tu sais bien que c'est une

chose sur laquelle on ne peut avoir aucune opinion... Tu le comprends bien...

Elle resta assise à regarder par la fenêtre, les yeux dans la faible lumière, les mains sur le genou, contrairement à son habitude, dans une posture qui, pour ainsi dire, ne lui allait pas.

— Tu sais que cela dépend de moi, dit-elle.

— Comme tu parles ! Je n'en ai vraiment pas la moindre idée, ma chérie. Comment le pourrais-je ?

— Mais tu sais bien que, le plus souvent, cela tient à la femme. On l'entend dire.

— Le plus souvent. — Cela peut bien se faire.

— Oui.

— Mais, ma chère petite Arna, pourquoi parler de cela. A quoi cela sert-il... Allons nous asseoir sur le balcon un moment... Viens donc voir comme il y fait bon.

Elle sortit lentement. La mer s'étendait, lisse et calme, entre les innombrables rochers, les criques ayant comme aspiré les couleurs légères après le coucher du soleil, par contraste avec la terre, aride et grise. Le fjord vers l'est s'était assombri, était allé se reposer, clair et profond, entre ses montagnes vigilantes.

C'était un soir d'une douceur et d'un calme parfaits. Ils restèrent assis longtemps à parler de choses et d'autres, comme ils en avaient l'habitude. Il avait posé le bras sur le dossier du siège où elle était assise. Lui prit ses minces doigts blancs et les laissa reposer entre les siens.

Quand ils allèrent se coucher, il la dévisagea. L'embrassa avec une ardeur soudaine, la maintint contre lui. Mais elle secoua la tête, lui dit bonne nuit. Elle se sentait assez lasse, ils avaient bien marché, en fait.

Le lendemain, le temps n'était pas aussi beau. Mais

vers l'après-midi, il s'éclaircit et le soir fut suave et doux plus que jamais encore. Ils restèrent allongés sur la plage après que tout le monde fut parti.

De petits nuages dorés se fondirent dans le ciel à l'ouest, se firent un moment stries rouge sang, puis disparurent comme s'ils n'avaient pas existé. Il ne faisait pas tellement plus sombre à présent.

Ils restaient là, silencieux, à suivre la venue de la nuit d'été. Il pensait qu'elle se faisait plus taciturne ces derniers temps. Peut-être ces trois ou quatre dernières années. Plus fermée, un peu réservée. Mais on n'y prête pas tellement attention quand le changement se passe lentement et que l'on est constamment ensemble.

Elle cueillit quelques fleurs qui se trouvaient autour d'elle dans le demi-crépuscule, des fleurs de deux espèces qui poussaient jusqu'au bord du sable, une petite, rose, et une qui était blanche avec le calice comme une cloche. Les arrangea, et se les mit sur les genoux.

— Quelles fleurs est-ce là, sais-tu comment elles s'appellent ? demanda-t-il.

— Non... je ne sais pas. Elles sont assez belles.

— Oui. Ici, toutes les fleurs sont jolies, quelque insignifiantes qu'elles paraissent.

— Ici, on les appelle gamin des plages et gamine des plages, dit-elle en refaisant autrement le bouquet. Mais elles ont sûrement un autre nom, j'imagine.

— Oui, sûrement.

Quand ils rentrèrent, elle les garda dans la main. Il l'embrassa. Et ils repartirent. Il lui prit le bras. Devant l'endroit où ils habitaient, ils s'arrêtèrent un instant, comme d'habitude, s'attardèrent un peu à cause du panorama. Il y avait la mer au loin vers l'ouest. On n'avait guère envie de rentrer par un soir pareil, seulement de rester là...

— Il ne faut pas penser tant à cela, Arna... dit-il.

Elle le regarda avec un petit sourire.

Les jours étaient longs. Ils ne voulaient pas rester là-bas sur la plage, il y avait trop d'agitation. Et ils préféraient se baigner à un autre endroit, où ils étaient seuls.

— Mais si cela tient à la femme, on dit bien qu'il est possible d'y remédier, dit-elle une fois qu'ils étaient étendus et se reposaient après le bain.

— Oui... Certainement.

— L'as-tu entendu dire ?

— On en entend parler, évidemment. Dans certains cas, on dit que ce sont les rapports.

— Oui... Ce n'est sans doute pas mon cas.

— Oh ! pourquoi pas ? Pourquoi ne croirais-tu pas aussi bien *cela*. — Et alors, c'est peut-être assez simple, sûrement.

Elle ne répondit rien. S'assit un moment.

— Crois-tu qu'on puisse y remédier, Halvdan ?

— Que croire ?... Pas facile de se faire une opinion. C'est tout à fait selon...

— Oui. Bien sûr. En effet. — Peut-être peut-on seulement savoir que cela ne peut avoir lieu.

— Il faut sans doute qu'on soit prêt à cela aussi. Mais pourquoi partir de cette idée-là ? Il n'y a pas de raison, non ?

Elle resta assise sans rien dire.

— On *peut* très bien y penser... Sûrement, on peut.

Ils n'en parlèrent plus cette fois-là, mais y revinrent. Et même si elle n'en parlait pas pendant un certain temps, il comprenait tout de même qu'elle ne cessait d'y penser. Qu'elle s'en torturait.

Il s'affligeait de la voir constamment ainsi. Disait qu'il valait mieux pour elle qu'elle sût réellement. Se mit à lui inspirer de l'espoir — qu'il y avait sans doute quelque chose à faire. Que l'on pouvait peut-être y remédier facilement. Pourquoi pas ? Il valait mieux qu'elle acquît une certitude, ce serait sûrement préférable. C'était bien aussi ce qu'elle pensait. Il connaissait un médecin en ville qui serait le mieux qualifié pour le dire.

En fin de compte, il la persuada, et elle y alla.

Quand elle revint et qu'il la retrouva, au bateau, elle était gênée et ne voulut presque rien dire. Mais elle rayonnait intérieurement, on le sentait bien, quoiqu'elle ne fît semblant de rien.

Une fois dans la chambre, elle se jeta à son cou, les larmes aux yeux. C'était bien ce qu'il avait pensé. Un cas simple, avait dit le médecin, et elle avait bien fait d'y aller.

— Tu vois ! Tu vois que j'avais raison tout de même.

Ils étaient au-delà du bonheur. Passèrent une journée splendide, la plus heureuse qu'ils puissent se rappeler depuis longtemps. Allèrent se promener, serrés l'un contre l'autre, descendirent sur la plage et regardèrent vivre la station balnéaire avec tous les enfants bronzés qui s'amusaient là, vivant dans la mer presque du matin au soir.

Et dans le plein éclat du soleil, ils se sentaient calmes tout de même, comme un peu loin. Tellement pleins de solennité, absents *d'eux-mêmes*.

A dîner, ils prirent un verre de vin comme si c'était une fête qu'ils célébraient ainsi dans le plus grand secret, pour eux-mêmes. Il inclina la tête vers elle au-dessus de son verre, sérieusement et par plaisanterie en même temps. Vit ses yeux briller de cet éclat profond qu'ils avaient auparavant, conserver en eux son image. Il était content de l'avoir retrouvée.

L'époque qui suivit fut d'un bonheur merveilleux — bonheur et attente. Espérance et, bien sûr, tout de même incertitude — une incertitude que l'on sentait si étrangement vivante. Tout en eux et autour d'eux vivait d'une façon bizarre. Tout avait une chaleur tranquille et une intimité qui se communiquaient à eux. Ils flânaient dans la nature, près de la mer et vers l'intérieur du pays où les rochers étaient dénudés, balayés par le vent, avec de la bruyère et du cirier dans les interstices, et, çà et là, des fourrés de mûres sauvages sur les bords.

Et un peu plus loin vers l'intérieur, des chênes battus des vents qui rampaient le long de la roche comme des buissons, enchevêtrés les uns aux autres pour résister au vent. Parfois, dans une crevasse sous le vent, du chèvrefeuille en fleur dont le parfum flottant trahissait la présence.

Ils vivaient en tout, avec tout, comme savent le faire les amants. Etaient à la fois insoucieux et tendus par leur bonheur, et cela le rendait pour ainsi dire encore plus grand. Toute leur vie était tendue — et pourtant douce comme un soir d'été. Quand ils venaient l'un vers l'autre, la terre endormie gisait au-dehors, aride et familière, comme une chose tellement fidèle, et le souffle de la mer remuait imperceptiblement le rideau dans la pénombre de la chambre.

Elle avait une tendresse comme jamais encore, différente, maternelle et que l'on sentait infinie. Que l'on sentait merveilleusement douce après l'ardeur avec laquelle ils s'étaient aimés. Profonde et intime, avec quelque chose de secret, d'inexprimé. Quand elle était satisfaite, elle ne le laissait presque pas remarquer, se contentant de retenir son souffle. Cela paraissait mystérieux, d'une certaine façon.

Le temps passa. L'été approchait de sa fin. Ils ne parlaient jamais de l'objet de leurs pensées, à quoi sans doute elle songeait constamment. Elle semblait évoluer dans une douce confiance — pas vraiment de la foi mais quelque chose qui, sans doute, légitimait, pour elle, son existence, où elle s'enfonçait de plus en plus.

peine quelques relations, pas plus que le strict nécessaire. Car chacun d'eux avait l'autre, bien entendu.

Et leur foyer. Parce qu'ils avaient déjà eu réellement le temps de s'attacher à lui. Il leur était déjà cher. Il se refermait sur eux avec son ambiance tranquille — on s'y plaisait dès le premier instant. Ils trouvaient vraiment étrange de ne pas avoir découvert cela bien auparavant. D'avoir si longtemps couru le monde. Il fallait qu'ils n'eussent pas connu grand repos en eux-mêmes, vraiment.

Elle envisageait de faire de la petite pièce du coin une chambre d'enfant. C'était la plus claire des plus petites pièces, et elle était exposée au sud. — Ce sera sûrement formidable, ne crois-tu pas ? — Oui, certainement.

Après qu'ils eurent tout bien arrangé, elle se mit aussi petit à petit à la layette du petit, quoiqu'elle eût encore bien le temps. Mais elle voulait faire tout elle-même, et de préférence à la main. Commença par le plus inutile, ces choses qui sont les plus mignonnes à voir. Mais ensuite, elle s'occupa aussi des couches, des langes, et de tout ce qu'il fallait, restant assise à s'en occuper assidûment chaque jour. Les assembla, les empila : pour finir, elle avait tout un rayon plein dans l'armoire à linge. — Mais tu en fais sûrement bien trop, disait-il. — Oh ! sûrement pas. Tu ne comprends pas, mon chéri. On en use une quantité.

Elle se comportait très vaillamment, étant donné les circonstances. Leur médecin était satisfait d'elle également. Et c'était bien qu'elle prît la chose avec bonne humeur. Oui, pourquoi ne l'eût-elle pas fait ? Et l'on savait bien que cela avait grande importance pour l'enfant. Elle était un peu fatiguée, bien entendu. Mais cela était dans l'ordre des choses.

Peu à peu, au fur et à mesure que le temps passait, elle ressentit plus de fatigue. Pendant l'hiver, et surtout vers la fin. Elle grossissait beaucoup, anormalement peut-être, cela la rendait lourde et pesante, et l'incommodait à cause de son pied. Elle dut s'allonger souvent, plusieurs fois par jour finalement. Mais elle ne restait couchée qu'un petit moment, car il ne fallait pas se mettre à prendre cette habitude, n'est-ce pas ?

Autrement, tout se passait normalement. Elle avait une brûlure à la gorge qui la tourmentait fort et sans discontinuer, mais c'est ce qui arrive à la plupart presque, n'est-ce pas ? Tout ce qu'elle avait était normal, sans plus. Et il n'y avait pas de danger du côté de l'albumine.

— On dirait que ça va être un fameux gaillard, dit-il, car elle devenait de plus en plus difforme. D'une façon générale, son état devenait de plus en plus visible. Son visage était amaigri et blême, avec le haut du front brunâtre. Ses joues étaient creuses, son cou était devenu également maigre et émacié. — Je suis bien laide, disait-elle en se regardant dans le miroir avec son petit sourire. Tu ne trouves pas, Halvdan ? — Oui, tu as un air effrayant, disait-il en l'examinant. Elle hochait la tête, tout à fait d'accord.

Le dernier mois fut le pire. Elle préféra rester allongée. C'était trop à porter, la fatigue était trop grande à cause de sa jambe. Elle se sentait mieux pour peu qu'elle pût se tenir tranquille. Mais elle devait bien prendre un peu de mouvement, s'il fallait que tout allât bien. Rester debout et en mouvement autant qu'elle le pût.

Ils sortaient un moment chaque jour, faisaient au moins un petit tour ensemble. D'ailleurs, c'était le printemps et il faisait beau maintenant. Les arbres étaient verts, dans les parcs, partout. Ils faisaient les mêmes promenades que tout au début, le long de l'eau parce que c'était ce qu'ils aimaient le mieux. Il lui donnait le bras, du côté de sa mauvaise jambe où elle avait besoin qu'il la soutînt un peu. Naturellement, ils devaient marcher doucement, mais elle y parvenait.

Elle essaya de poursuivre ces promenades jusqu'à la fin. Ce n'était sûrement pas absolument nécessaire, quand bien même, en un sens, ce fût fort bien. Mais elle eût peut-être mieux fait de se tenir plus tranquille. C'était vraiment pénible de la voir boiter ainsi avec son fardeau. Et ce, bien qu'il pensât que cela avait quelque chose de si beau et de si grand, en soi. En même temps, il était réellement fier d'elle, de la façon dont elle se comportait.

Mais elle souffrait trop, la pauvre. On ne pouvait s'empêcher de le penser, bien qu'elle ne voulût pas que l'on en parlât. Maintenant, en tout cas, elle souffrait — plus que la plupart.

Ce fut presque un soulagement quand le médecin, à la clinique, après un examen, voulut qu'elle restât. Il n'était pas absolument satisfait de son cœur et, du reste, la garder là pouvait être une bonne chose. Cela devait tout de même arriver n'importe quand maintenant.

La maison semblait vide et bizarre. Il errait tout à fait seul dans les pièces. Mais il était avec elle aussi souvent qu'on le lui permettait.

Jusqu'à ce qu'un soir il reçoive un coup de téléphone lui disant de venir tout de suite. C'était déjà commencé.

Il descendit les escaliers et se jeta dans un taxi.

Il n'eut pas le droit d'entrer. Seulement dehors, dans le corridor.

Il y avait là quelqu'un qui criait horriblement. Mais ce ne pouvait être elle, car ce n'était absolument pas sa voix. Sans doute quelqu'un d'autre qui était aussi en train d'accoucher.

Mais... ce devait sûrement... être elle !... Pas possible autrement !

Il demanda. Oui, c'était là, à l'intérieur, troisième porte.

C'était elle... *Mon Dieu !...*

Cela rendait un son qui n'était même pas humain. Ne ressemblait à rien. C'était quelque chose d'absolument monstrueux...

Et puis *elle... elle !...* Oh ! mon Dieu...

Et cela continuait, tout le temps pareil, hurlement après hurlement, sans désemparer, sans un instant d'arrêt... Jusqu'à ce que cela devienne un bredouillement, fasse place à des gémissements et, finalement, à une espèce de silence.

Une infirmière sortit.

— Est-ce fini ?... demanda-t-il.

— Non. On l'a endormie.

De nouveau, elle criait, à l'intérieur.

— Un peu seulement, et ça n'a sans doute pas encore fait effet.

— Mais ne peut-on pas l'endormir *vraiment,* pour qu'elle échappe à cette torture atroce !...

— Il semble qu'elle ait une insuffisance cardiaque, Monsieur.

Insuffisance cardiaque, insuffisance cardiaque, oui, une petite insuffisance cardiaque... petite... Oh ! Mon Dieu !...

Il joignit les mains. — Mon Dieu, mon Dieu !... Que ça aille bien, que ça aille bien !...

On l'entendait respirer. Haleter. Ce n'était pas une respiration normale. On aurait dit une espèce de pompe. Une pompe rauque. Rien d'un être vivant.

Oui, *petite, petite...* Rien de *dangereux...*

Elle se remit à crier. Puis, de nouveau, le silence. Respirait seulement. Mais c'était presque encore pis, oui, seulement encore bien pis...

Pourvu qu'elle survive à cela, pourvu qu'elle survive à cela...

Il marchait, marchait, allait et venait devant la porte. Ne pouvait rester tranquille un instant.

Des éternités passèrent.

Et il y *avait* longtemps aussi, long, longtemps. Il regarda la pendule. Oui, et puis *avant que*... cela avait sûrement commencé bien avant.

Enfin, une infirmière sortit, l'infirmière en chef, sûrement. Il s'avança vers elle, le visage défait, interrogateur.

Elle secoua la tête.

— Mais comment est-ce ? comment est-ce ? demanda-t-il.

De nouveau, elle secoua la tête.

— Difficile. Très difficile, dit-elle.

Il devint blanc comme un linge. Tournant son chapeau entre ses doigts — ne savait pas... pas quoi... pas...

L'infirmière était sortie uniquement pour donner un ordre. Rentra. Il était à la porte et put entrevoir la salle d'opérations dans une lumière intense, elle, allongée sur la table surélevée... le médecin plein de sang... plein de sang, cela fumait... ils étaient à plusieurs à la tenir... avaient l'air d'être en train de la massacrer...

Mon Dieu !...

Il fut pris de terreur. D'épouvante. Ne sachant pas quoi faire... pas quoi...

Mon Dieu !

Il voulut se jeter à genoux... comme si cela eût pu la délivrer... s'il priait comme il faut, comme il faut pour elle... seulement pour qu'elle ne meure pas, seulement pas mourir... Oui, il fallait prier comme il faut pour elle... il fallait le faire... Maintenant ! Maintenant ! Tout de suite !

Mais il ne pouvait le faire nulle part... pas ici, dans le corridor, où des infirmières et des visiteurs passaient continuellement... nulle part...

Finalement, il entra dans des W.C., s'y enferma et s'abattit sur le plancher. — Dieu bon, Dieu miséricordieux... seulement qu'elle ne meure pas... aide-la... aide-nous... qu'elle puisse *vivre*... Mon unique... ce que j'ai de plus précieux sur terre... qu'elle soit sauvée, puisse être sauvée... Je te remercierai, te remercierai à genoux... seulement qu'elle puisse vivre... — Mon Dieu, mon Dieu...

Il se redressa, pantelant. Porta la main à sa tête. Brossa les genoux de son pantalon avant de sortir.

Il n'y avait personne dans le passage. Et devant la porte on n'entendait rien. Le silence s'était fait à l'intérieur... Un silence presque complet.

Il écouta... On n'entendait rien. Seulement la voix du médecin, une fois.

Il respira... lourdement.

Deux ou trois minutes après, l'infirmière en chef arriva.

— Est-ce... fait ?...

— Oui... dit-elle.

— Sans accidents ?... Est-ce que ça s'est... bien... passé... ?

— Vous pouvez peut-être entrer, dit-elle. Je vais demander.

On le laissa là, dehors.

Oui, il pouvait venir.

Là, cela sentait le désinfectant et, dans la lumière vive, il fut d'abord comme ébloui. Il vit quelque chose de sanglant qu'une infirmière était justement en train de recouvrir. Plus loin, sur une civière, elle gisait. Pâle et inerte. Comme une morte. Mais sa poitrine se soulevait violemment. Il se pencha sur elle. L'embrassa, coup sur coup. Elle n'ouvrit pas les yeux.

Semblait ne rien remarquer. Comme si elle dormait. On l'emmena en roulant sa civière.

— C'était la seule possibilité, dit le médecin en enlevant ses gants de caoutchouc. Si elle n'avait pas été si faible, s'il n'y avait pas eu cette histoire avec son cœur, nous aurions fait une césarienne, voyez-vous. Mais c'était impensable. Selon toute vraisemblance, elle ne l'aurait pas supporté.

Il respira, soulagé... — Et maintenant ? dit-il.

— Hors de danger. Si rien d'imprévu ne survient.

— Dieu soit loué...

— Oui. Ça a été difficile. Très. Et elle ne survivra pas à une seconde expérience. C'est mon opinion.

— Non, non... Je comprends.

Il s'était lavé et vint le saluer.

— Oui, il faut me pardonner, je ne voulais pas dire d'avance comme sûrement ce serait difficile. Il n'aurait pas valu beaucoup mieux pour vous non plus de le savoir, et peut-être le lui montrer tant soit peu.

— Non, non, certainement... Je vous suis reconnaissant. Reconnaissant de tout. Je crois que vous avez *tout* fait...

— Oui, de ce qui peut être fait. Mais c'est bien, n'est-ce pas, que cela se soit passé ainsi, en tout cas.

— Maintenant, elle va dormir, ajouta-t-il. Ce n'est pas la peine que vous entriez la voir davantage ce soir, je pense. Mais vous devriez être ici, demain, quand elle se réveillera. Le mieux sera que vous soyez ici alors.

— Oui, oui, certainement, certainement, je serai là.

Il remercia chaleureusement une fois encore le médecin et toutes les infirmières. Quitta la pièce.

Se retrouva dehors dans le passage. Respira profondément. Il avait la sensation qu'on avait soulevé un poids inouï de sa poitrine.

Oh ! Dieu soit loué, dit-il encore une fois en passant devant la porte des W.C.

Il était là à attendre qu'elle se réveillât. Regardait son visage, mince et exsangue mais calme tout de même maintenant, tout à fait calme dans son sommeil. Ce petit visage cher aux traits bien connus...

Long, longtemps. A rester là et à la regarder...

Enfin, il y eut des tressaillements près de la bouche, qui se tordit de douleur... elle ouvrit les yeux. Egarée... comme si elle ne comprenait pas... que lui était-il arrivé ?...

Puis elle parut se souvenir... Se rappela... La douleur fit place à un pâle, pâle sourire... heureux... Elle chercha sa main...

Se redressa un peu.

— Où est-il ?

Elle regarda autour d'elle dans la pièce.

— Où est-il ? Halvdan ?...

Il la regarda.

— Halvdan. — N'est-il pas ?... pas ici !... Halvdan !

Il lui caressa la tête...

— Ils ont bien dû... il fallait bien penser à toi... ma chérie...

— A moi ?...

Elle le pénétra du regard, les yeux égarés... — A moi ? *Moi !...*

— Il ne faut pas que tu... pas que tu bouges... Tu dois rester allongée tranquille.

— Où est-il ?

— Tu as flotté entre vie et mort, Arna bien-aimée... tu ne sais pas... entre vie et mort.

— Où est mon enfant ?

Il chercha à l'allonger de force, mais elle se maintint des bras, elle avait des forces.

— Il fallait bien qu'ils te sauvent... ma bien-aimée...

Elle le regarda fixement. Son regard était comme un grand trou.

— Qu'avez-vous fait de mon enfant ? cria-t-elle.

— Arna... Arna bien-aimée... tu ne dois pas...

— Où est-il ?... — Je veux le voir !

Il la caressa, secoua la tête.

— Je veux voir mon enfant !

— Non, non... tu comprends bien... C'est impossible... *impossible*...

— Qu'avez-vous fait de mon enfant ? Qu'avez-vous fait ?

— Tu comprends bien, Arna... c'était nécessaire... Il fallait qu'ils te sauvent... bien-aimée...

— Pourquoi fallait-il me sauver ?... Qu'avez-vous fait de mon enfant ? Qu'avez-vous fait de mon enfant ? cria-t-elle en se jetant violemment de long en large dans le lit, hurlant comme une bête. Il dut la tenir. Appeler l'infirmière.

Elles arrivèrent en courant. Les pansements étaient rouges. Elle faisait une hémorragie. Il fallut s'occuper d'elle.

Les années passèrent. Ils vivaient très retirés, encore plus qu'avant, presque complètement isolés. Elle ne voulait fréquenter personne, à peine rencontrer du monde. En fait, aucun d'eux n'avait besoin de cela, du moins, pas de vie en société et de sorties. Il ne le souhaitait pas non plus, cela ne lui manquait pas. Ils restaient chez eux. S'y absorbaient, dans leur vie domestique, au mieux de leurs goûts.

Ils ne voyageaient plus, ne le voulaient plus. Sûrement, ils ne se seraient pas réellement plus en quelque autre endroit à présent. Ici, c'était le mieux pour eux. Et Arna, il va sans dire, voulait se rendre sur la tombe.

On comprenait qu'elle ne s'en fût pas volontiers séparée.

Elle vivait dans le souvenir de son enfant. Elle en était constamment occupée, cela se remarquait, bien qu'elle ne voulût pas si souvent aborder ce sujet. Elle ne pouvait s'en détacher. Toutes les choses qu'elle avait faites pour le petit étaient cachées. Où elle les avait mises, il ne le savait pas, mais elles étaient restées. Un soir qu'il était rentré à une heure inattendue, il l'avait trouvée avec ces affaires devant elle sur la table. Et longtemps après, la même chose était arrivée de nouveau, le théâtre où il devait aller ayant fait relâche. Ils n'en parlèrent pas cette fois-là, mais allèrent prendre le thé qu'il avait vu servi pour elle dans la pièce voisine, bien qu'elle l'eût oublié. Ensuite, elle avait joué pour lui leur musique favorite, qu'elle exécutait à sa manière douce, intime. Il ne connaissait personne d'autre qui sût la jouer de la sorte.

Même le petit lit demeurait en haut, dans un débarras, sous les combles, avec ses draps, ses couvertures et tout. Il pensait que si lui n'avait pas été là, elle l'aurait descendu dans l'appartement. Peut-être. Elle l'aurait sûrement mis ici quelque part.

En vérité, elle passait sa vie à rêver de cet enfant mort-né. Elle se représentait comment il aurait été, comment il aurait dû être. Comment se serait sans doute comporté cet être, sa petite âme. Et ce qu'il serait devenu, ce qu'il aurait fait dans la vie. C'était bien tout de même un être humain comme nous autres, autant que nous. C'était une vie tout entière, n'était le fait qu'elle n'avait pas été vécue. Mais qui tout de même avait existé en vérité, sinon qu'elle n'avait pu devenir ce qu'elle aurait dû. Mais qu'elle vivait à sa place.

Elle sortait souvent pour se rendre sur la tombe. Et y allait encore plus souvent qu'on ne le savait, parfois aussi quand elle n'était en ville que pour faire une course et qu'elle rentrait un peu plus tard que prévu. Regardait le petit monticule, veillait à ce que les fleurs fussent toujours bien fraîches. Et restait assise là, sur le banc, abîmée dans ses pensées. A la tombe de sa mère, elle avait également coutume de se rendre une fois ou l'autre, mais cela n'arrivait pas si souvent, elle ne se trouvait pas dans le même cimetière.

Elle s'imaginait sans doute avoir des obligations envers cette vie inaccomplie. Mais elle croyait aussi que l'enfant existait. Oui, elle en était sûre. Sinon, elle n'eût pas ressenti ce qu'elle ressentait, elle n'eût pu vivre tellement avec l'enfant.

— Que penses-tu de la vie après la mort ? demanda-t-elle à Halvdan une fois ou l'autre.

— On en sait si peu de chose, Arna.

— Oui, mais c'est peut-être de notre faute si nous en savons si peu.

— Eh bien... comment cela ? Que veux-tu dire ?

— Oui, c'est peut-être de notre faute.

Bien sûr, il ne ressentait pas le même vide qu'elle parce qu'ils n'avaient pas eu d'enfant. A proprement parler, seulement au tout début. Il pensait qu'en fait, ils vivaient l'un pour l'autre.

Ils avaient gardé leur amour. Peut-être pas exactement comme avant, peut-être différemment. Mais il leur restait, en eux. Il ne semblait plus signifier la même chose pour elle, plus tant, on pouvait le voir. Mais on voyait bien qu'il était présent en elle. Elle disait souvent, quand ils venaient à en parler, qu'elle pensait seulement que leurs sentiments mutuels s'étaient approfondis. Auparavant, ils avaient aimé d'une autre façon, plus superficiellement, ou comment dire ? ils avaient été trop absorbés par ce qu'il y avait de purement sensuel dans l'amour, et qui n'est pas l'Amour lui-même, qui ne saurait avoir la valeur qu'on lui attribue, ne saurait donner son contenu *le plus profond* à la vie en commun de deux êtres humains.

C'était comme si elle avait pris ses distances vis-à-vis de leur amour, vis-à-vis de ce dont lui pensait qu'il les avait si bellement unis, les avait rendus si heureux. Et elle se sentait pour ainsi dire mal à l'aise dès qu'il s'agissait de se donner réellement. Quand il l'approchait, elle le repoussait souvent avec une expression lasse et tourmentée. C'était comme si elle voulait dire : je ne vaux pas la peine que l'on m'approche.

Elle paraissait comme sans désir. Semblait ne plus avoir besoin de lui à proprement parler. Vivait en soi.

Elle pensait parfois : à qui l'enfant aurait-il ressemblé ? quel air aurait-il eu sans doute ? Elle ne croyait absolument pas qu'il lui eût ressemblé, à elle, qu'il eût rien eu d'elle. C'était *à lui* qu'il aurait ressemblé. Et il faut dire aussi que ç'avait été un garçon. Il aurait eu ses yeux *à lui*, et sa bouche, et peut-être tout à fait son allure, cet air dévoué qu'il avait. Et peut-être serait-il devenu semblable à lui à d'autres égards aussi, par des traits spirituels de sens plus profond.

Mais il n'avait jamais pu vivre. Elle n'avait pas su mettre son enfant au monde.

Si seulement il s'était fait qu'elle eût pu le voir, une seule fois, et garder un souvenir de lui. Si elle avait su mettre au monde un être vivant. Mais ce qu'elle avait mis au monde était mort. Et on l'avait *forcé* à mourir. Il aurait voulu vivre, mais on l'avait forcé. Les choses s'étaient passées de telle sorte qu'on avait ravi à cet enfant sa vie, qu'on lui avait purement et simplement tout pris à cause d'*elle*. Il avait fallu qu'il mourût aussitôt pour sa mère, pour elle. Elle qui avait déjà vécu, qui en vérité n'avait absolument pas besoin de davantage.

Mais c'était ce que l'on avait fait. Uniquement pour la sauver. Il avait reçu la permission de se sacrifier. Et cela faisait qu'elle avait des devoirs particuliers envers lui, avait une *dette* secrète qui ne pourrait jamais être vraiment acquittée.

Elle essayait de l'acquitter du mieux qu'elle pouvait en étant, du moins, autant que possible en pensée avec l'enfant. Et en cherchant à s'élever, à devenir plus pleinement être humain qu'avant, plus digne du spirituel, de ce qui se trouve au-delà des contingences qui, autrement, nous préoccupent tant. Essayer de vivre dans le monde où elle savait que se trouvait son enfant. La pure sensualité ne pouvait plus avoir tellement de sens pour elle, l'absorber si complètement.

Et d'ailleurs ce n'était pas le cas non plus. A présent, tout ce côté de la vie lui inspirait en fait surtout des sentiments de pure répugnance. De tout cela qui attirait vers le bas, elle ressentait l'imperfection et, pour ainsi dire, la petitesse. Et puis, en vérité, cela lui importait si peu. C'était quelque chose qu'elle avait vaincu en elle.

Elle y était parvenue peu à peu. Car, auparavant déjà, cela s'était mis à perdre de son importance pour elle, au fur et à mesure qu'elle avait pris conscience de la nature réelle de Halvdan, et qu'il avait mûri aussi peut-être, si l'on peut s'exprimer ainsi. Non que cela lui fût devenu indifférent. Mais tout de même. On languit bien de quelque chose... on ne sait quoi... quelque chose d'*autre*. Quelque chose qui puisse satisfaire ce qu'il y a de plus profond, de plus intime en nous, et qui puisse offrir un renouvellement, amener à germer en nous quelque chose de *nouveau*. Mais il faut qu'alors cela vienne d'une autre façon, d'une autre direction.

Or c'était cela que l'enfant aurait pu lui donner. Si elle avait pu devenir mère, presser le petit sur son cœur, l'avoir à son sein. Etreindre un petit être qui fût *à elle,* tout à fait à elle. Elle sentait que c'eût été là cette grande *merveille* nouvelle. Que cela l'eût rendue être humain plus pleinement. L'eût tirée de sa vie précédente, élevée jusqu'à une autre vie, plus haute.

Mais maintenant, il semblait bien que l'enfant voulût tout de même essayer de s'insérer dans son existence. Comme si ce petit être auquel elle n'avait fait que du mal, que du mal, lui eût voulu tout de même du bien. L'appelât tout de même, lui fît comprendre qu'il existait, que sa tendresse, toutes ses pensées pouvaient le joindre. Comme s'il voulait qu'elle connût tout de même le bonheur d'être mère. Oui, une joie supraterrestre, la sérénité de l'âme, l'inconcevable bonheur d'être mère — si seulement elle pouvait se hausser jusqu'au monde qui est au-dessus de nous. C'était comme s'il voulait qu'elle tournât ses sens et ses pensées vers *ce monde-là.* Essayer de l'amener à comprendre que nous lui appartenons tout de même.

Comme s'il voulait lui donner tout ce dont elle avait dû se passer, le lui donner *tout de même.* Depuis *l'autre côté.*

Si seulement elle pouvait le recevoir. Elle se sentait si imparfaite et indigne. Mais elle était tout de même *changée,* elle le remarquait bien. Elle dirigeait davantage le regard vers les choses plus élevées, essentielles. Et elle savait maintenant qu'il existait un autre monde que celui-ci. Un monde où *réellement* nous pouvons nous rencontrer. Où elle pourrait rencontrer son enfant, s'unir à lui. Et là, Halvdan et elle pourraient aussi se rencontrer, se découvrir l'un l'autre, bien plus totalement et parfaitement.

Quand il la tourmentait à vouloir la posséder, avec ses caresses, elle lui reprochait de ne pas se soucier de son âme, du plus intime d'elle-même. Il répondait que, certainement, il s'en souciait. Et c'était vrai, d'une certaine façon. Mais il ne le faisait tout de même pas comme elle le désirait au plus profond d'elle-même, étant donné que chacun devait s'élever en l'autre. Comme ils *pourraient* le faire.

Et tout de même — ils étaient unis par une telle infinité de choses. Intérêts communs, sympathies communes : toutes leurs dispositions intellectuelles allaient si bien ensemble. Ils vivaient tout simplement heureux ensemble, ne faisaient qu'*un* quand même ! Et Halvdan avait bien cette bonté et cette compréhension qui entouraient leur vie d'une chaleur tout intime, spirituelle. Elle n'avait jamais réellement mérité cette constante bonté qu'il avait pour elle. Tant ce qu'elle avait pu faire, signifier pour lui était peu de chose, tant elle avait failli envers lui en ne sachant pas mettre son enfant au monde. Au fond, c'était elle qui n'était pas digne de *lui*. Mais au moins, elle l'était un peu plus maintenant.

Il devint de plus en plus renfermé. Paraissait souvent abattu. Mais évidemment, ils n'avaient rien dont se réjouir depuis que cela était arrivé, plus rien à espérer. En un sens, leur vie était comme finie et, bien entendu, cette vie n'était jamais devenue ce qu'ils en avaient rêvé. Chez eux, tout semblait vide puisque le petit invité qui avait été attendu n'était pas venu, ne viendrait jamais. Rien n'était plus pareil après cela. Ils le sentaient tous les deux, cela se remarquait en eux.

Souvent, elle encourageait Halvdan à sortir un peu plus, elle considérait qu'il le devait s'il en avait envie, cela ne lui ferait que du bien. Et il s'était mis à le faire aussi, ces dernières années. Il allait assez souvent au théâtre et particulièrement aux concerts. Il parvenait aussi à l'y inciter de temps à autre, si l'on donnait quelque chose de remarquable. Mais autrement, elle ne l'accompagnait jamais, jamais au restaurant ou en général nulle part. Sinon, il devait y aller avec quelque connaissance ou, le plus souvent, seul.

Elle paraissait ne pas y prendre plaisir et elle ne se plaisait jamais là où il y avait foule. Quelle qu'en fût la cause. Peut-être était-elle gênée parce qu'elle boitait un peu, croyait que cela se remarquait ?

Il trouvait en tout cas un certain délassement dans ce court séjour hors de chez lui, encore que ce fût le seul endroit dont il eût un réel besoin et où il préférât se trouver. Mais elle n'était pas contente non plus de le voir rester à la maison.

En fait, il ne la comprenait plus bien. Elle était si différente à bien des égards. L'était devenue. Ce n'était plus pareil.

Naturellement, il pensait que cette histoire d'enfant allait trop loin. Et en même temps, s'il faut le dire, c'était dommage pour elle, tout de même, qu'elle prît la chose ainsi. Qu'elle en *souffrît* tant. Et il n'était quand même pas nécessaire que cela retentît sur toute leur vie commune, que cela les séparât presque l'un de l'autre et attristât tout de la sorte.

Ce n'était quand même pas chose qui dût signifier *tout* pour eux. Ils avaient toujours beaucoup de choses dont se réjouir, pour lesquelles vivre, s'ils voulaient bien y prendre garde. Chacun d'eux avait l'autre, bien entendu. Son amour, ses sentiments pour l'autre — cela, ils l'avaient gardé ?

Certes, le fait est que le côté érotique de l'amour n'était plus le même pour lui, qu'il ne pouvait plus ressentir cela pour elle. Mais en tout cas, c'était elle la femme qu'il aimait et avec laquelle il voulait vivre. Rien n'avait changé à cet égard.

Quand elle commençait à lui reprocher de ne pas aimer, de ne pas se soucier de son âme, il ne pouvait s'empêcher de lui dire, pour finir, que c'était assurément ce qu'il avait toujours fait. Cela devait bien être évident pour n'importe qui et, d'ailleurs, il n'y aurait sans doute jamais rien entre eux.

Il ne comprenait pas comment il se pouvait qu'elle dît des choses si totalement dénuées de sens. C'était quand même *trop* injuste.

Car il s'était absorbé en elle aussi totalement qu'on eût jamais pu le penser. Il l'avait littéralement *adorée*. Vécu sa vie, toutes ces années, uniquement pour elle, pour cette femme qui, pour lui, signifiait tout. Oui, s'était tellement absorbé dans son amour qu'en réalité, pendant tout ce temps, il n'avait presque jamais eu une pensée pour le fait que c'était une boiteuse qu'il aimait. De cela, il ne s'était absolument pas soucié, en ayant à peine conscience. Voilà les véritables sentiments qu'il nourrissait pour elle.

C'était vraiment son *être* qu'il aimait. Pas d'abord son corps, mais son *être*. En cela résidait le secret de son amour, il le sentait bien.

Il ne savait comment expliquer cela, mais elle avait un étrange pouvoir de sujétion, quelque chose qui vous aspirait vers elle — on ne savait quoi. Et elle le possédait toujours.

En sorte que l'on faisait complètement abstraction de son infirmité. Oui, pour un peu on eût pensé que cela lui convenait, lui appartenait. Pour ainsi dire, il était dans la nature de sa personnalité d'être ainsi.

Elle vous conquérait et vous gardait uniquement par son être, en vous captivant en quelque sorte. Il y avait quelque chose de retenu, d'inexprimé en elle, quelque chose qui donnait comme une secrète tension.

Quelque chose de *certain*. On ne pouvait dire quoi.

Et tout de même. Peut-être était-ce en grande partie précisément cette infirmité qui la rendait telle. Qui lui avait conféré ce quelque chose d'indéfinissable.

C'était bien possible. Que cela eût signifié beaucoup dans la formation de son être intime, de sa personnalité, quelque extraordinaire qu'il fût d'imaginer chose pareille. Qui avait donné cette fragilité et cette tension à son être, et sans doute aussi cet air introverti qu'elle avait, qu'elle avait sûrement toujours eu.

Oui, c'était sans doute en grande partie son infirmité qui l'avait amenée à devenir telle.

Maintenant, elle était si changée à bien des égards, à la fois extérieurement et intérieurement. L'étrange beauté de son visage subsistait, mais elle avait été, naturellement, marquée par les années, et cela transparaissait assez bien dans son aspect extérieur, cela avait mis quelque chose d'accusé dans ses traits. Ce qui avait le moins changé, c'étaient ses yeux. Ils étaient toujours beaux et d'une captivante éloquence. Mais le regard avait pris quelque chose d'hypertendu et de nerveux — ce qu'elle était aussi, il va sans dire, devait être, car cela ressortait de tout son être.

Dans l'ensemble, quelque chose était survenu en elle qui faisait que l'on avait pitié d'elle.

Mais elle ne faisait rien non plus pour se ressaisir, se secouer. Pour *faire face*. Elle ne faisait que céder à sa tendance à l'affliction et pesait, sans le savoir, comme un fardeau sur son entourage. On se sentait si gêné dans son voisinage, il n'y avait rien à y faire.

Elle n'y pensait sans doute pas. Pas plus que de l'effet qu'elle faisait en général. Il semblait que tout cela lui fût indifférent, sa tenue ne l'occupait plus tellement non plus, bien qu'évidemment elle ne la négligeât pas radicalement. Et quand elle marchait, on remarquait davantage qu'elle boitait, c'était comme si elle ne se souciait plus de le cacher. Auparavant, cela eût presque paru intéressant chez elle, en donnant quelque chose de douloureux et de fragile à sa beauté, cela lui eût presque convenu, et elle avait aussi une démarche balancée qui faisait qu'on n'y pensait pas tellement. Mais avec les années, et comme elle ne s'en souciait plus, cela se remarqua d'une autre façon, on s'y accrochait. Elle devint davantage une femme qui boitait.

Et tout de même. Il l'aimait néanmoins. Il ne pouvait en douter. Car il languissait d'elle — de ce qu'elle avait été, de la vie qu'ils avaient eue ensemble jusque-là. De leur amour ; toute la tendresse qu'il ressentait pour elle, il eût bien voulu pouvoir la lui montrer de nouveau. Voilà ce qu'il ressentait pour elle. Cela lui faisait mal de voir son visage fatigué avec cette expression souffrante, alors qu'il cherchait de plus en plus vainement l'image qui lui avait été et lui restait toujours si chère.

Il n'y avait pas à éluder le fait : quelque chose d'accablant, en quelque sorte, s'était appesanti sur eux et sur leur existence commune, chez eux. Ils y évoluaient, pour ainsi dire, chacun pour soi, lui, souvent de mauvaise humeur, ce qu'elle ne supportait pas toujours avec une sérénité résignée, toutefois.

Elle s'inquiétait de ne pas savoir exactement quelle était sa position vis-à-vis de la vie de l'âme après la mort. Quelles idées il pouvait se faire de la religion. Pour sa part, elle en était venue peu à peu à croire, à *croire* vraiment. Sans idées préconçues, sans dogmes, mais pourtant d'une foi résolue en l'existence de quelque chose au-dessus de ce que nous voyons et comprenons. Certes, d'une certaine manière, il partageait cette opinion, avait part à ses pensées, il leur arrivait de parler de ces choses. Mais elle ne savait pas s'il *croyait* vraiment. Et elle se torturait de n'en rien savoir de précis. Car avec lui, elle voulait avoir *tout* en commun, et particulièrement quelque chose de si important, le plus important qui fût. S'il ne partageait pas cela avec elle, elle n'y trouvait plus la même valeur. Et pour ainsi dire, pas la même sécurité, pas une véritable foi. Cette sécurité, il n'y avait qu'*eux* qui puissent la ressentir. Eux. Ensemble.

Quand il sortait de chez lui, cela lui faisait l'effet d'un soulagement, et c'était en fait uniquement pour cela qu'il s'en allait. Autrement, il n'en retirait pas de satisfaction particulière. Mais il s'asseyait volontiers dans quelque café le soir, à lire des journaux, ou seulement pour s'asseoir quelque part, peut-être aussi voir un peu de monde. Bien entendu, il ne pouvait éviter de remarquer qu'il existait aussi d'autres femmes et il trouvait parfois étrange de vivre et sûrement de devoir passer toute sa vie près d'une personne avec laquelle, au fond, il n'avait peut-être tout de même pas tellement en commun, peut-être pas comme il l'avait cru. Et que c'était à une boiteuse qu'il avait fini par s'attacher de la sorte, avec qui il passerait toute sa vie. Mais c'était elle qu'il aimait. De là tout dépendait sans doute, comme d'ordinaire en pareil cas.

Ces derniers temps, il en était venu à penser à une chose. Il se demandait si ce grand changement qui s'était fait en elle ne pouvait pas provenir d'un état maladif. Le fait était qu'elle n'avait pas bonne mine. Mais peut-être en vérité n'avait-elle jamais eu bonne mine. A présent, cela transparaissait tout de même plus nettement, pensait-il, cela se voyait à son teint qui était devenu grisâtre et avait pris quelque chose de malsain. Et à tant d'autres choses en outre. Cela n'allait décidément pas comme il fallait. N'en avait pas l'air.

Elle demanda un soir s'il pensait qu'elle devait aller chez le médecin, car elle ne se sentait pas exactement comme il fallait, et puis elle ne pouvait presque jamais bien dormir. C'était surtout pour cela. C'était si pénible de devoir rester éveillée une si grande partie de la nuit.

Il leva les yeux vers elle. Alla s'asseoir à côté d'elle.

Certes, elle le devait. Il fallait le faire ! Ils iraient ensemble dès demain. Il la questionna. Lui demanda ce qu'elle ressentait, si elle avait mal quelque part —

mais non, pas du tout. Mais ton cœur ? C'est sûrement ton cœur, Arna chérie. — Oh ! rien de si dangereux de ce côté-là. Mais c'est ce qu'il pensait maintenant, en tout cas. Depuis combien de temps se sentait-elle ainsi ? Oh ! tu sais, je ne peux pas dire. Sûrement assez longtemps, en fait. Il la regarda. Plongea dans ses yeux ouverts, fatigués, profondément enfoncés. Lui tint la tête entre les mains.

Ils allèrent chez le médecin dès le lendemain.

Oui, bien entendu, son cœur n'allait pas bien. Mais il soupçonnait autre chose aussi, qu'elle pouvait souffrir de quelque infection du sang, quantité de choses paraissaient le dénoter. Et ses forces étaient visiblement diminuées. On lui fit une prise de sang, pour analyse.

Ils revinrent chez eux en se promenant par les rues. Marchèrent en se tenant par la main, au beau milieu de la ville.

C'était bien cela : elle souffrait d'une anémie prononcée. N'avait pas plus du cinquième des globules rouges nécessaires. C'en était à un tel stade qu'il fallait qu'elle eût été malade depuis plusieurs années peut-être.

Il fut absolument abattu quand ils apprirent cela. Mais elle, semblait calme. Et particulièrement déprimée, elle ne le parut pas. Sans doute tout ira-t-il bien, dit-elle seulement.

Elle n'avait pas absolument besoin de garder le lit. Mais elle devait suivre un régime. Et puis elle devait prendre de l'arsenic.

Comme il allait et venait, inquiet, le visage défait, complètement bouleversé, elle l'attira contre elle et lui caressa la joue. — Qu'y a-t-il donc, mon bien-aimé ? Mon ami bien-aimé. Elle lui fit son sourire paisible.

Elle semblait ne pas comprendre de quoi il s'agissait.

Il y fit allusion, dit que c'était quelque chose de grave.

— Oh ! ce n'est certainement pas si dangereux, dit-elle.

— Mais, Arna chérie, tu comprends bien... Mais c'est très grave. C'est une maladie qui peut mener à... oui, peut-être à la mort.

— Oui, mais de la mort, je n'ai pas peur, Halvdan.

Il s'abattit auprès d'elle et lui prit les bras. Voulait-elle donc le quitter ! Devaient-ils donc se séparer, *eux*, eux deux, se séparer l'un de l'autre...

— Non, Halvdan, nous ne nous séparerons pas. Tu ne le crois pas, Halvdan.

Ils parlèrent longtemps. Elle expliqua comment elle voyait la chose et combien la mort importait peu. Elle ne pourrait séparer ceux qui étaient tellement unis. Il n'en était rien. Il pleura toutes les larmes de son corps, près d'elle — ne put retenir ses larmes. La regardait, plongeait dans son visage tout à fait calme avec sa pâleur transfigurée par la souffrance. Elle n'avait pas de larmes dans les yeux, ils brillaient seulement. Et elle inclinait sa tête vers lui, comme elle en avait l'habitude quand il y avait quelque chose de spécial, avec cet air plein d'arrière-pensées qu'il reconnaissait si bien. L'attira contre elle et l'embrassa.

Ils revenaient à ce sujet, à chaque conversation. Il fallait qu'ils en parlent — de cela. Et ils parlaient souvent, souvent ensemble. Vivaient l'un en l'autre, chacun plongé dans l'âme ouverte, grande ouverte de l'autre veillant jour après jour, continuellement. C'était comme une constante solennité, profonde et d'une tremblante grandeur.

Elle voulait qu'il l'approchât. Si. Elle le désirait. Le désirait, lui, son bien-aimé, lui tendait les bras — comme elle le ferait toujours, toujours.

C'était quelque chose qu'ils n'avaient jamais ressenti

encore — cette tendresse infinie, sereine, cet amour absolument sans désir, rien qu'une totale absorption l'un de l'autre. C'était quelque chose d'insaisissable — douleur et bonheur, et un recueillement qui haussait cela au-dessus de tout, en faisait un miracle qu'ils ne pouvaient qu'entrevoir, comme un rite dans un mystère. De quelque façon qu'ils se fussent aimés — cela, ils ne l'avaient jamais ressenti, pas ce recueillement dont on ne peut être rempli qu'au voisinage immédiat de la mort, quand il faut s'arracher à l'étreinte du bien-aimé.

Ils pouvaient rester étendus ensuite et fixer, les yeux brûlants, les ténèbres de la chambre, dans une mélancolie sans paroles, se tenant par la main. Jusqu'à ce que peut-être elle parvienne à s'assoupir un petit peu et qu'il l'entende respirer calmement. Restait étendu, à écouter. Il ne voulait pas s'endormir avant elle. Jamais dormir plus qu'elle.

Dans la journée, ils n'étaient jamais séparés maintenant. Leur vie était une, s'écoulait jour après jour, semaine après semaine vers ce qui pourrait leur arriver. Ils parlaient de tout ce qui avait été. De tout ce qu'ils avaient vécu ensemble, si totalement partagé entre eux.

— Oui, nous avons été heureux, Halvdan. Heureux comme peu d'êtres humains l'ont été, disait-elle en lui caressant la tête de sa petite main fine qui, pour ainsi dire, ne pesait plus. Nous avons toujours tout eu en commun. Depuis le moment où nous nous sommes rencontrés, Halvdan.

Cette fois-là, te rappelles-tu ?

Oui, ils ne s'étaient pas rencontrés comme tant d'autres, comme c'est le plus ordinaire entre jeunes gens. Pas ainsi. Ce n'avait jamais été ainsi pour eux.

Et tout ce qu'ils avaient éprouvé, tout ce qu'ils avaient vu, tout ce qu'ils avaient vécu ensemble depuis. Toujours eu tout ensemble.

Oui, ils se souvenaient. Se rappelèrent tant de choses pendant cette période-là. Et ils pouvaient, quand ils regardaient maintenant en arrière, sentir leur vie comme quelque chose de si plein et de si riche — c'était leur grand amour qui l'avait rendue telle. Lui avait donné sa signification profonde. Tout venait de cette union intime en tout.

Elle dit une fois qu'ils n'avaient pas le droit de se plaindre, car nulle vie ne pouvait être plus belle que la leur. Nulle, plus accomplie dans son bonheur. Ils devaient remercier de tout ce qui leur avait été donné. Remercier — et être prêts à rendre ce qu'ils avaient emprunté de bonheur terrestre.

Mais cette chose en eux qui les avait rendus capables de ressentir tout cela, il fallait la sauver de la mort, elle ne devait jamais périr. Elle était trop grande et précieuse pour pouvoir périr.

Ils vivaient en quelque chose de si fermé, de tellement essentiel que c'était comme s'il n'eût existé qu'eux deux. Et dans un air pur où la douleur elle-même semblait légère à porter, que dis-je, la mort même. L'assurance tranquille qu'elle montrait ne pouvait qu'agir sur lui, l'amenant à des sentiments vis-à-vis de la mort dont il ne se fût jamais cru capable. Lui donnait le calme au milieu de la souffrance, en sorte que celle-ci ne pouvait plus l'abattre complètement.

L'enfant passa davantage au second plan, elle-même n'en parlait plus beaucoup. Il s'agissait d'eux à présent. De leurs âmes qui ne devaient pas se séparer. Qui formaient un tout, à tout jamais. Car c'était là ce qu'ils croyaient tous les deux. C'était cela qui les maintenait debout, les rendait si forts et confiants. Emplis de la plus claire espérance.

Elle était son épousée qui devait partir en voyage. Ensuite, ils se retrouveraient. Oui, bientôt. Eux deux.

Ce n'était plus de l'amour, cela... Il fallait lui donner un autre nom, un nom encore plus grand et plus sacré. Et allongée, pâle et émaciée dans son lit, son regard rayonnait de la lumière de ce monde qu'elle pensait entrevoir déjà, avec lequel elle s'était, pour ainsi dire, déjà tant familiarisée.

Il y avait longtemps maintenant qu'elle avait dû se mettre à garder le lit. Ses forces étaient épuisées, elle n'en avait pas beaucoup en réserve. C'était seulement son âme qui avait conservé sa puissance. Le corps attendait son anéantissement, le voulait. Elle était presque constamment torturée d'un fort mal de tête. Et le peu qu'il lui arrivait de prendre, elle ne pouvait le plus souvent pas le garder. Mais il semblait qu'elle n'eût plus eu besoin de nourriture pour exister. Elle pouvait certes vivre encore un moment — nul ne pouvait dire combien de temps. Mais avec son cœur affaibli, la flamme de vie pouvait s'éteindre à n'importe quel moment.

Il restait constamment à ses côtés. Ne la quittait pour ainsi dire jamais.

Et ils pouvaient parler. Elle pouvait se faire entendre aussi clairement qu'en d'autres circonstances. Dans le calme qui régnait autour d'eux, qui règne quand la mort est attendue, ils parlaient de ce qui allait venir. Promettaient de vivre l'un en l'autre, comme nous le pouvons aussi après la mort, oui, promettaient de la vaincre.

Oui, oui. Elle serait toujours avec lui. Il sentirait toujours sa présence.

Elle lui fit promettre qu'il serait tout à fait calme et tranquille quand elle mourrait. Il fallait que cela fût *ainsi*. C'est justice, ce n'est que justice. Et il disait qu'il essaierait, malgré tout, parce qu'elle le lui avait demandé.

Ils pouvaient parler de ces choses sans trouble, oui,

pour ainsi dire sans douleur. Ils le pouvaient maintenant, ils avaient atteint ce... cette sérénité...

Non... Il n'y a pas une telle frontière entre la vie et la mort, pas comme on le croit. Comme un bateau qui doit prendre la mer, pour aller très loin, très loin... On le voit disparaître à l'horizon, comme dans l'abîme, pour toujours, dans un lointain infini...

Mais celui qui reste abîmé dans une douce mélancolie sur le rivage peut le voir disparaître derrière une fleur.

Un soir qu'il était assis, lui tenant la main dans le demi-crépuscule il sentit qu'elle était devenue froide. Il se pencha vers elle et vit qu'elle était morte. Qu'elle l'avait quitté...

Il ne *pleura* pas. Non, il ne *pleura* pas... La regarda, la regarda seulement... — Resta assis, sa main dans la sienne... la main de sa bien-aimée dans la sienne... comme avant... tout à fait comme avant...

Non, non, ce n'était pas une séparation... pas de frontière...

Pas de frontière... Rien qui se fût passé...

Simplement, lui ferma les yeux... les ferma... légèrement... jusqu'à ce qu'ils rayonnent vers lui dans un autre monde...

Ce ne fut que peu à peu, après l'enterrement et tout ce qui l'accompagnait, qu'il comprit exactement ce qui était arrivé, sentit tout le redoutable vide qu'elle avait laissé. Qu'il était resté *seul*. Parfaitement seul.

Erra dans la maison, déambula par les pièces, avec les domestiques qui tenaient tout en ordre comme avant et préparaient ses repas, auxquels il touchait à peine. Tout était comme avant. Exactement comme ils l'avaient connu, comme il en avait l'habitude. Tout lui rappelait qu'elle l'avait quitté.

Le coin du sofa où elle avait l'habitude de s'asseoir, la table du salon où ils avaient coutume de prendre leur thé — avec la chaise en face... Et chaque chose dans toute la maison, dans sa chambre à elle, partout... — Tout était là, exactement comme avant. Tout rappelait qu'elle avait quitté cela.

Ses cahiers de musique restaient sur le piano à queue. Et sur le pupitre, il y en avait un ouvert, ce qu'elle avait joué le dernier soir où elle était debout. Il essaya de jouer lui-même, une fois, mais il savait si mal, cela ne rendait pas le même son que quand c'était elle. Aussi ne le jouerait-on jamais plus.

Regarda dans la chambre qu'elle avait occupée... il n'y avait personne. On sentait si bien que dans cette chambre, il n'y avait personne. Souleva l'abattant et regarda dans sa table à ouvrage avec les bobines de fil de soie et les écheveaux. Et la coiffeuse avec le poudrier, les flacons à facettes, et le miroir à main en argent où elle avait si souvent miré son visage et qui ne reflétait plus maintenant que le sien, à lui. Ce n'était que lui. Personne d'autre que lui dans toute la maison.

Et près de la fenêtre du salon, sa chaise longue où elle passait le plus clair de son temps, les derniers temps. Le coussin qu'il lui fallait derrière le dos...

C'était comme une torture constante qu'il subissait. Où il entrait chaque matin pour l'endurer de nouveau. Encore et encore. Chaque jour lui était un tourment, un fardeau qu'il parvenait à porter à peine, ses forces n'y suffisant plus guère. Il s'effondrait, avait une mine émaciée, pitoyable, était complètement changé. Seulement l'ombre de ce qu'il avait été. Il se reconnaissait à peine...

Et ce terrible vide, vide...

Une demi-année passa, une année.

Finalement, il dut bien se rendre compte que cela ne pouvait tout de même pas continuer ainsi. Il ne pouvait durer parmi tous ces souvenirs, ne pouvait évidemment pas vivre pour *eux*. Pas s'en faire ainsi le martyr, constamment. Il devait, n'est-ce pas, vivre en *elle*, en son âme.

Non, ce n'était pas ce qu'elle avait voulu, ce qu'il avait promis. Elle voulait que son chagrin fût calme et dominé. Un chagrin clair et tranquille, plein d'espérance et de confiance. Car ils se reverraient. Se retrouveraient.

Il devait essayer de fuir ce désespoir sourd qui ne faisait qu'accabler. C'était son devoir d'essayer.

Mais il ne savait qu'entreprendre. Où se rendre. Cela lui était tellement indifférent. Mais il fallait faire quelque chose pour s'en aller, simplement s'en aller quelque part.

Puis il se fit qu'il congédia ses domestiques. Il fallait liquider la maison. Il voyagerait — ne sachant pas combien de temps il serait parti, longtemps peut-être. Il avait ses bagages à faire, tout à ranger.

On arrivait aux derniers jours et il n'était toujours pas fixé sur l'endroit où il irait. Enfin, il se décida pour Paris, parce qu'il fallait bien prendre un parti. Il n'osait se retrouver seul, prendre retraite dans la nature qu'il aimait tant, étant donné l'état où il se trouvait, il avait besoin de voir des gens.

Arrivé à Paris, il descendit dans un petit hôtel qui ne convenait pas à ses exigences, mais il ne voulait pas vivre autrement. Déambula dans la cohue. Entendit le vacarme des voitures, le grondement des autobus sur le pavé, les sonneries continuelles des tramways parmi la presse, entre les trottoirs. Et le cri rauque des crieurs de journaux dans la brume d'automne. Pourquoi était-il là ?

Il marchait comme à demi absent, étranger et loin de ce qui s'agitait autour de lui. Cela ne parvenait pas à l'occuper, à le distraire d'une manière ou d'une autre.

Il se sentait seulement plus isolé dans ce grouillement d'êtres humains, dans cette agitation, cette excitation. Ne pensait quand même qu'à elle, ne voulait que penser à elle, vivre en elle. Il fit un pèlerinage à quelques endroits qu'ils avaient visités ensemble. Prit des rues où ils avaient marché. Et descendit le long de la Seine, du côté où il se rappelait qu'ils étaient passés un beau jour de printemps, la première fois qu'ils étaient à Paris. Alla dans un restaurant où ils avaient l'habitude de prendre leurs repas alors. Et autrement, ne fit que flâner, sans intention, entre les rangées de maisons sales, prisonnier de la brume humide qui jamais ne se levait. Sans but particulier, depuis qu'il revivait ce passé.

L'air était comme gluant, comme dans une brasserie. Parfois, il s'appesantissait sur les rues, jaune comme du soufre, toute la journée. L'asphalte était glissant de saleté et d'humidité. On avait l'impression de descendre dans une espèce d'univers souterrain, dans un monde irréel et inférieur, plein d'une vie confuse. Jusqu'à ce que, vers le soir, les lumières s'allument, que les phares d'autos se mettent à balayer l'asphalte, les réclames, à flamboyer et à clignoter, à se dérouler le long des façades : tout devenait maladif, fébrile dans le brouillard, tout entrait comme en fermentation. Les gens devenaient autres, tendus, le visage animé, se pressant devant les entrées brillantes. Les femmes commençaient à arpenter les trottoirs et à chuchoter des invites aux passants. Il y avait des rires devant vous, et quelque part derrière, des automobiles de luxe passaient en trombe avec des dames en robes du soir et en fourrures opulentes, comme de grands fauves. Les cafés étaient éblouissants de lumière, pleins de gens qui entraient et sortaient en un flot égal. Une vie effervescente animait le boulevard, sous les arbres nus, dans une puanteur de poudre de riz et d'essence.

Il prenait des rues latérales où il faisait sombre et où l'on marchait en paix. Loin des rues passantes, il marchait, marchait. Ses pensées avec elle, ses brûlantes, pesantes pensées. Sortait le petit canif de nacre qu'elle lui avait donné et qu'il portait toujours sur lui, le mettait dans la poche de son pardessus pour pouvoir le palper constamment. Il l'imaginait près de lui, et qu'il sentait sa présence. Que, peut-être, elle était là avec lui.

Finalement, il arrivait si loin qu'il ne savait pas bien où il se trouvait, il devait descendre dans le métro pour rentrer chez lui. Restait debout dans le wagon bondé où toutes les places assises étaient prises. Des visages fatigués, pâles. Se tenait à la barre, regardant droit devant lui, comme les autres, dans le tunnel, vers le mur dégouttant d'humidité avec ses petites lampes. Il s'était mis à grisonner sur les tempes, bien qu'autrement on ne remarquât point qu'il eût particulièrement vieilli. Se pressait avec les autres vers la sortie, gravissait les escaliers dans l'air étouffant. Rentrait à son hôtel.

L'hiver avait commencé avec sa pluie presque constante. Mais on s'habituait à la pluie, elle tenait au décor en quelque sorte. Mais lui, cela le laissait indifférent. Au contraire, cette pluie quotidienne insidieuse lui convenait. Il ne voulait pas de lumière, pas de joie. Voulait marcher, enfermé. Dans cette grisaille tranquille, et avec cette agitation égale, comme distante autour de lui. Il n'attendait plus de joie de l'existence, et ne pouvait plus en avoir non plus. Il fallait bien qu'il continuât à vivre. Mais c'était bien tout.

Marchait comme un solitaire, sans se mêler à quiconque. Perdu comme on peut l'être dans une grande ville, inséré parmi les autres.

Il fallait être absolument seul avec soi — et c'était un

grand soulagement. Seul avec son chagrin. Avec ce qu'on voulait. Vivre dans son monde, quel qu'il fût.

Et l'excitation, cette presse nerveuse, donnaient pour ainsi dire une espèce de calme à l'esprit. Peut-être surtout quand, comme lui, on ne participait pas à cette vie. Se tenait si parfaitement à l'écart de tout. Cela conférait alors une sorte de calme sourd.

Il put remonter complètement dans le passé, comme il le voulait.

Souvent, le soir, il descendait se promener le long de la Seine, dépassait Notre-Dame, dans le demi-crépuscule et dans la quasi-tranquillité qui régnait sur le quai, voyait l'horloge de la gare briller dans le lointain. Cela le faisait penser à elle. Qui reposait loin là-haut dans le nord — la terre froide, gelée. Abandonnée à cette terre... Et si loin, si infiniment loin de lui... Peut-être de la neige sur la tombe. De la neige blanche, intacte.

Elle qu'il avait aimée, elle qui avait été *sienne*...

Et maintenant enfouie dans la terre. Comme abandonnée... Mais toujours, toujours vivante dans ses pensées brûlantes.

Oui, il était avec elle — constamment. Son amour brûlait comme toujours, comme il l'avait fait pendant toute sa vie, seulement d'une flamme plus claire et plus pure maintenant. Il s'était élevé davantage, s'était complètement transfiguré, tellement libéré de tout ce qu'il y a de terrestre.

Oui. Il pensait à son amour... Toute sa vie se représentait à lui... Comme elle avait été extraordinaire, comme elle s'était formée. Si emplie d'un seul grand sentiment. Tellement consacrée à *une seule chose*. A elle.

Ce sentiment qu'elle lui avait inspiré avait totalement déterminé son destin. Et le déterminait encore, le ferait jusqu'à sa mort. Il donnait tout à l'amour, sans partage, pleinement. Il était heureux par lui, heureux encore au milieu de son chagrin, dans son deuil amer. C'était l'autel auquel il avait été conduit une fois, comme par une main invisible, et auquel il avait été fidèle. On le trouverait sur les marches de cet autel quand il n'en pourrait plus ici-bas, s'agenouillant encore dans la mort.

Tel était son destin — celui qui lui avait donné sa vie. A présent accompli, déjà passé, maintenant qu'elle était partie. Mais en quoi il vivait toujours. Qui élevait son âme au-dessus de cette existence prolongée sans signification et sans but, qui veillait sur lui et l'aidait à tenir bon.

Il pouvait marcher comme en extase pendant ces errances solitaires. Ressentir une solennité et un saisissement qui emportaient sa pensée loin du présent, jusqu'à un monde plus haut. Et quand il revenait chez lui par des rues étroites, ses yeux levés pouvaient voir le ciel d'un rouge flamboyant entre les maisons obscures. Ciel nocturne de la ville géante — et différent quand même. C'était comme une vision, comme un espace ouvert, sanglant, qu'il voyait.

Ainsi passa ce long, ce pesant hiver — le plus long qu'il lui semblât avoir jamais vécu, bien qu'en réalité ce fût un hiver bref en regard de ce qu'il était là-bas dans son pays. Et l'on commençait à pressentir le printemps. De rapides bouffées de vent adoucissaient l'âpreté de l'air, on sentait comme de tièdes, de légers coups de vent quand on débouchait d'une rue. Il y avait des frémissements dans l'atmosphère, les nuages se divisaient et se hâtaient pour se rassembler de nouveau, poussés par le vent. La nuit, il devait pleuvoir. Et en quelques jours, tout fut changé. Il y eut une tout autre douceur, une chaleur humide et active. Le printemps qui venait.

Mais ce temps écoulé l'avait rudement éprouvé, il en avait été visiblement marqué. Il avait le visage creusé et gris, son regard s'était fait ardent et inquiet. Il avait pris quelque chose de mat et d'usé. De fatigué, d'éreinté.

Il ne désirait pas le printemps. Pas que le temps redevienne si beau. Il savait que cela ne ferait que rendre tout beaucoup plus difficile ; percevait une douloureuse inquiétude intérieure à la lumière, au renouveau. Mais il ne pouvait tout de même pas éviter de ressentir un soulagement dans cet air nouveau, dans le fait de pouvoir respirer de nouveau. S'asseyait au soleil dans le petit square de Cluny ou au Luxembourg, où tout était plein de parfums et de gazouillements d'oiseaux. Les arbres éclataient en bourgeons, violemment, cela se remarquait de jour en jour. Le boulevard s'éclaircissait aussi. Une verdure claire, diffuse, partout. C'était comme dans une serre, soudain, tout éclatait dans la chaleur humide. Après la pluie, on avait l'impression que l'asphalte chaud fumait.

La ville tout entière prenait quelque chose de doux et de léger, un scintillement pâle, on commençait à voir à distance. Jusque loin au-dessus des parties éloignées de la ville qui se profilaient dans la mince brume de chaleur. Et les parcs qui verdissaient loin de l'autre côté de la Seine. On marchait comme dans une ville toute neuve.

Partout, quantité de flâneurs. Et les cafés étaient vides, tout le monde était assis dehors au soleil, pressé près des tables. Bavardage et rumeur. Il avançait dans les rues, sous les arbres clairs et peu fournis qui ne faisaient pas d'ombre.

Se trouvait une place à l'extérieur d'un bar où il n'y avait pas tant de monde. S'asseyait, à regarder la vie. Ceux qui passaient. Son col n'était pas très propre et ses manchettes de chemise non plus. Il s'était mis à négliger ces choses-là, sans y prendre garde.

Et vers le soir. L'air doux. La longue, fatigante

douceur qui, pour ainsi dire, se perdait dans l'atmosphère, dans l'opale blême du ciel. On allumait à l'extérieur des cafés dès avant le crépuscule et la lumière se mêlait à celle du jour. Des femmes étaient assises aux tables, à siroter quelque boisson, les jambes vers la rue.

Au fur et à mesure que venait la chaleur, les soirs se faisaient d'une parfaite beauté et il fallait marcher, marcher dans la saturation de ce printemps tiède. Impossible de rester à l'intérieur. L'air lui-même avait quelque chose d'attirant, qui invitait à des errances infinies. Dès que l'obscurité était tombée, les boulevards ruisselaient de lumière et la verdure luisait, transparente, autour des lampes. Devant les innombrables échoppes, le feuillage était illuminé comme pour des pastorales nocturnes.

Il s'assit à une table après la longue, chaude journée. La chaleur avait déjà commencé à venir et les journées se faisaient oppressantes. Ce printemps dans la grande ville avait quelque chose d'étrangement énervant. Mais il ressentait aussi une fatigue interne, c'était pour cela peut-être. Et cela venait peut-être aussi de ce qu'il marchait tant. Presque constamment. C'était comme s'il devait marcher sans répit.

Une femme était assise à une table à proximité. Un peu grasse, avec de longs bras nus sous sa cape de soie. Poudrée de blanc et peinte, une cigarette entre ses lèvres rouges et saillantes. Buvait quelque chose à la grenadine, suçant sa paille.

Il y avait de la musique à l'intérieur, on jouait quelques rengaines à la mode, pour les murs vides et pour un couple solitaire, loin dans un coin.

Elle secoua la cendre de sa cigarette, tira quelques bouffées et la laissa tomber sur la soucoupe. Lui jeta un coup d'œil rapide et repoussa ses cheveux sous son chapeau. Se croisa les jambes. Se frotta doucement les paumes l'une contre l'autre, lointaine et comme absente. Ses ongles étaient roses et vernis, avec de grandes lunes blanches. Elle prit une nouvelle cigarette et l'alluma, sa cape glissa d'un côté et son bras se trouva dénudé jusqu'à l'épaule. Son sein pointait.

Il en arriva une autre du trottoir, qui s'assit près d'elle et sortit son poudrier.

Il avait fini de boire et se mit en route dans la cohue.

Y marcha de nouveau. Comme avant. Qoiqu'il fût vraiment fatigué. Marcha, marcha.

On avait l'impression comme d'étouffer. Il faisait tiède, pas un souffle, pas même cette fraîcheur à l'approche de la nuit comme d'habitude.

Les boulevards brillaient, se croisaient, partaient dans toutes les directions. La ville était épanouie comme une fleur, trop grande et trop pleine de son parfum pour pouvoir se refermer. C'était presque étourdissant. Il marchait dans une sorte de torpeur.

Un monde fou. Des couples qui déambulaient le long du trottoir, penchés l'un vers l'autre. Le long des buissons, des femmes errantes avec leur éternel « chéri ». Le tapage sur la chaussée était amorti, avait quelque chose d'étranger. La vie somnolait, immobile.

Il ressentait un tel épuisement qu'il n'en pouvait plus guère. Entra dans un bar et s'assit à une table libre. But quelque chose de fort avec beaucoup de gin dedans, en reprit deux ou trois fois coup sur coup pour se calmer. C'était une espèce de boîte de luxe où l'on dansait, à demi pleine de monde, avec du champagne sur les tables. Le chevrotement des saxophones parvenait jusqu'au dehors et le banjo faisait sa musique fêlée quand on écartait la draperie de velours pour laisser entrer des couples élégants.

Quelques demi-mondaines étaient juchées sur les hauts tabourets près du comptoir. Le regardaient dans la glace en soufflant un mince jet de fumée du bout des lèvres. Elles s'entretenaient avec le barman en buvant quelque chose de bon marché. Perchées au bord du siège, les jambes croisées. Un instant après, il y eut des jeunes gens auprès d'elles. Une des filles retira son chapeau et rejeta ses cheveux en arrière, commanda trois manhattans. Ils se mirent à s'enivrer.

A l'intérieur, derrière le rideau, il y avait le battement de la musique. Les serpentins flottaient dans l'air, il pouvait le voir quand le groom tirait la draperie. Il y entra.

Il y avait là un tapis moelleux dans lequel on s'enfonçait profondément. Au milieu, un espace ciré, plein de danseurs. Il y avait foule maintenant. Rires et clameurs, partout des ballons et des beuglements de mirlitons. Tout le monde criait. La musique cognait aux murs. Il faisait si chaud que l'on transpirait.

Il dansa plusieurs fois. But du mauvais champagne. Elle avait de longs cils et un petit poudrier sur les genoux. Un nez aux ailes minces, frémissantes comme celles d'un animal que l'on vient d'attraper. Quand elle riait, ses gencives étaient roses comme des ouïes de poisson. En un sens, elle riait tout le temps.

Il faisait incroyablement chaud. L'air était épais. Les serpentins ne sombraient pas, ils sinuaient à travers la fumée, la pièce semblait pleine de vers disloqués. Une femme se mit à grimacer à la table à côté, les yeux figés et glacés ; on la bouscula pour la faire taire. L'orchestre nègre se trémoussait et sautillait sur les chaises, la sueur leur dégoulinait dans le col. Parmi les danseurs glissait une femme svelte, blonde, une mouche bleue dans le dos et les aisselles rasées. Se tortillait au rythme du tango, glissant la cuisse entre les jambes de son cavalier.

Il avait bu plus qu'il n'en avait l'habitude. Mais le champagne le rafraîchit un peu après les boissons fortes qu'il avait prises. Il se leva et s'en alla.

ble grandeur. Oui, il m'apparaît comme un unique, un grand mystère, auquel j'ai pu avoir part. Et tout cela, c'est elle qui me l'a donné. Cela reste associé à sa figure pure, au souvenir de ce qu'elle fut pour moi, elle qui maintenant n'est plus avec moi.

Alors que me voici ici cette nuit à regarder en arrière, c'est pour moi comme si elle avait donné à mon existence sa signification, comme si elle l'avait tirée du néant et remplie de ce que la vie peut nous donner de plus beau et de plus précieux. Je ne sais si tu me comprends quand je parle ainsi de l'amour, si tu crois qu'il puisse avoir des implications aussi infinies. Mais tel est le cas pour moi. Evidemment, il en est allé tout à fait différemment de ta vie. Tu t'es absorbé dans tes activités, tu as été occupé par tant de choses. Alors que moi, je n'ai vécu que pour une seule chose. Pour cette seule chose-là. Autrement, je n'ai rien eu et n'ai pas vraiment su chercher autre chose. Et c'est cela sans doute que tu as du mal à comprendre et qui, pour toi, peut-être, prend l'allure d'un manque. Mais ma vie a été riche. Indiciblement riche. Je ne la compare à celle d'aucun de mes contemporains, je veux encore moins m'enorgueillir si peu que ce soit. Je dis seulement que je ressens cela ainsi. Et que pouvons-nous savoir de plus ? De quoi d'autre avons-nous à juger, sinon de la plénitude de notre cœur quand nous regardons derrière nous.

Tu te doutes peut-être, d'après ce que je viens de dire, de ce que doivent être ma perte et ma douleur. A quel point doit être parfaitement désert et vide ce monde qu'elle a quitté ; et que, depuis lors, je ne suis ici qu'un étranger. En fait, je n'ai plus de vie. Plus de vie véritable, sinon dans le souvenir que je garde d'elle. C'est en lui que je vis et que j'existe, uniquement en lui. Elle resplendit pour moi dans une lumière transfigurée après laquelle je tends les bras, que je regarde d'un désir ardent, comme celui que l'on a chassé de chez lui peut rester des heures sous les arbres à plonger le *regard dans l'éclat de son foyer perdu. Autour de moi, ce sont les ténèbres. Il n'y a que là qu'il fasse clair.*

J'espère que tu comprendras, je t'en supplie... Comprendras que je veuille aller là où elle est, que je veuille partir d'ici où je ne possède rien et aller la trouver, là où elle m'attend. Oui, je sais qu'elle m'attend. Qu'elle existe, *qu'elle* vit. *Ce furent les derniers mots que nous nous sommes dits : que la mort signifie si peu de chose, que ce qui se passe alors n'a rien de réel. Et qu'elle ne saurait nous séparer. Il m'a semblé aussi, parfois, que je sentais sa présence, que j'avais le sentiment qu'elle m'accompagnait et veillait sur moi, oui, que, parfois, quand j'étais désespéré, c'était comme si elle me caressait doucement le front... Mais maintenant, je veux aller à la splendide demeure où réside son âme et où nous serons totalement unis, pour toujours. Là où rien ne pourra plus nous séparer l'un de l'autre.*

Je te prie de ne pas juger... de pardonner... Et de ne pas t'affliger de ce qui s'est passé. Il n'y a aucune raison de se faire de chagrin, aucune. *Si tu pouvais me voir, ici où je suis, tu dirais : ce doit être un homme heureux. Oui, je* suis *heureux. Et voilà pourquoi tu ne me pleureras pas et ne t'affligeras pas. C'est pour moi une solennité qui se prépare, dans laquelle je vais pénétrer.*

J'affronterai la mort avec le même calme qu'elle. Et puis je sais qu'elle me sera si facile. Car je suis maintenant les exhortations de mon cœur, je fais comme il veut. Voilà pourquoi je suis si confiant. *Je ne fais qu'accomplir mon destin, tel qu'il doit être accompli. Quel que j'aie été, je l'ai pourtant aimée par-dessus tout, toute ma vie. Et mourir pour elle est le seul bonheur qui me reste. Un grand bonheur calme qu'elle veut me donner encore.*

Je veux qu'on me ramène chez moi. Et je veux reposer à ses côtés.

Je te prie de te charger de cela, et je suis sûr que mon

désir sera comblé, que tu voudras bien me rendre ce dernier service.

Je prie aussi qu'on érige une pierre sur notre tombe, rien qu'une simple pierre avec nos noms. Et en dessous, une inscription, ces mots :

La vie les a unis à jamais

Adieu !... Et pardon... Et merci de tout...
Toi, le seul à qui j'aie besoin de dire adieu...
Et je remercie cette vie de ce qu'elle m'a donné... Pour elle, pour mon amour... Pour tout cela qui ne périra pas... Non, dont je sais qu'il ne pourra périr...
Merci de tout... Et adieu

Ton
Halvdan.

Il plia la lettre et écrivit l'adresse. Se leva.

Resta debout et respira profondément... Ressentait un tel *calme*. Regarda un peu autour de lui dans la pièce.

Descendit lentement les escaliers. Personne n'était visible à cette heure-là. Seulement la concierge, tout en bas, qui dit son bonsoir monsieur, surprise de le voir sortir si tard, passé minuit.

L'air était tiède, un peu étouffant. Il trouva la boîte aux lettres qu'il avait l'habitude d'utiliser. Y glissa sa lettre après l'avoir tenue en suspens un instant par un coin. Et se promena ensuite vers la Seine, jusqu'à une partie du quai où, à cette heure-là, il ne se trouvait ordinairement personne. S'assit sur un banc, dans l'obscurité.

Quand il eut avalé la dose, il resta assis, absolument calme, le regard levé vers le ciel légèrement embrumé... C'était *là* qu'il voulait regarder. Ses yeux brillaient d'une ardeur profonde et mystérieuse, et on eût dit qu'il souriait.

Sentit que le poison commençait à agir et qu'il l'étourdissait, comme il l'avait pensé. Entendit encore sonner les horloges... une heure, une heure et demie, pour mesurer le temps dans un monde lointain, étrange... Puis ce fut comme s'il s'engourdissait. Sa tête sombra un peu de côté et il resta complètement immobile. N'existait plus.

Un chien qui passait lui flaira la jambe, leva la patte et urina sur lui.

Telle est la visite que nous avons faite au pays où séjournent les âmes. Là, ce n'est pas comme ici. Elles ont une existence supérieure à celle-ci, une existence plus élevée et plus parfaite, dont la lumière resplendit vers nous. C'est le pays de l'âme, c'est là qu'elle a son véritable foyer. Et dans ce pays, c'est toujours fête. C'est toujours bal masqué.

LA NOCE

Jonas et Frida devaient recevoir la bénédiction nuptiale à quatre heures de l'après-midi et les invités commençaient à se rassembler dans la petite maison, à la périphérie de la localité ferroviaire où la solennité allait avoir lieu. Des voitures arrivaient de la campagne où Frida avait quelques parents ; pour Jonas, il n'en avait pas, n'est-ce pas. Il en venait pas mal de la petite ville aussi, bien entendu ; apparemment, cela faisait une quinzaine de personnes en tout.

Il faisait beau, les hommes restaient dehors, allant et venant dans le petit jardin, se saluant, bavardant. Ils tournaient autour de la maison comme s'ils faisaient une inspection. Du côté est, il y avait le petit commerce de mercerie de Frida Johansson, signalé par une enseigne délavée au-dessus d'une petite entrée. Eh oui ! Ah bon ! Frida allait faire le grand saut aujourd'hui. Eh oui ! Ils n'en disaient pas davantage, mais ils devaient bien vouloir dire quelque chose, toujours.

Eh oui ! Il y avait tout de même quelque chose d'un peu bizarre dans cette noce, mais il y aurait sans doute à boire et à manger, selon la coutume, et alors, il ferait bon en être, et puis, on était invité, n'est-ce pas. Ils pouvaient sans doute envisager d'entrer.

Le futur marié était dans l'escalier. C'était un petit homme trapu, insignifiant, avec de blondes moustaches tombantes au-dessus d'un sourire heureux permanent : il riait constamment. Ses yeux étaient clairs et gentils, reconnaissants pour ainsi dire, et il cillait souvent, comme pour se tenir un peu à l'écart, d'une certaine façon. Il tenait volontiers la tête un peu de travers, comme s'il écoutait. C'était un curieux homme, oh oui ! On avait coutume de l'appeler Jonas Barrière, bien qu'en fait, il s'appelât Jonas Samuelsson. Cela venait de ce que, dans ses jeunes années, il avait pris l'habitude de passer son temps à la barrière, près de la gare, pour voir si le train, peut-être, amènerait quelqu'un qui aurait besoin qu'on l'aide à porter ses bagages. De la sorte, il fallut pas mal de temps pour qu'il se décide à entreprendre quelque chose de correct. Mais maintenant, il était porteur à l'hôtel depuis bien longtemps, et ce n'était que justice qu'il restât là, à la barrière. C'était cela, sa profession. Oui, d'accord, aujourd'hui, il allait épouser Frida, si bien qu'il n'était plus tellement facile de dire ce qu'il envisagerait de faire, s'il travaillerait un peu dans la boutique de Frida, en cas de besoin, ou s'il ne ferait pas, éventuellement, quelque chose de plus. Car on ne pouvait savoir quels étaient les projets de Frida, non plus que l'importance de ses économies. Non, qui en avait la moindre idée ? Peut-être que ce n'était pas si peu de chose. Mais elle pouvait bien le garder, là, en bas, c'était à cela qu'il convenait le mieux, n'est-ce pas. Ce n'était pas un homme particulièrement industrieux.

Les gens de la famille n'appréciaient pas particulièrement que Frida se marie de cette façon et, bien sûr, il n'y avait pas à s'en étonner. Non qu'ils eussent cure de la façon dont elle s'organisait, c'était son affaire. Mais à cet âge, tout de même, on n'avait pas besoin de se marier. On pouvait penser que c'était inutile. Et elle devait avoir économisé un peu, toujours. Bon, ils n'en savaient rien. Ils ne se mêlaient pas de cela. Mais si elle le devait, finalement, elle aurait pu en prendre un autre que Jonas. Bien qu'il n'y eût sans doute pas tellement le choix, bien entendu. Quoi qu'il en soit, Frida était tout de même des leurs, du beau monde. Si bien qu'il pouvait paraître bizarre qu'elle se contentât de lui. Bon, bon, c'était son affaire, n'est-ce pas. Elle voulait les choses ainsi, donc, tout était bel et bon. C'était un homme tout à fait gentil et facile. Personne ne pouvait dire autre chose. Voilà ce qu'il était.

Jonas était là, sur le perron, accueillant les invités, regardant obligeamment autour de lui comme s'il se demandait s'il n'y avait pas quelque chose qu'il pût porter. Que quelqu'un arrive en voiture, ayant mis un pardessus ou quelque chose d'autre, n'importe quoi, Jonas était ravi de pouvoir aider à porter cela à l'intérieur. Cela, il en était capable, n'est-ce pas, et par un pareil jour, on est ardent de montrer ce que l'on peut faire. Comme il n'arrivait plus de nouveaux invités, ce fut pire, car personne ne lui parlait et il restait là à rire tout de même, les bras ballants le long de son nouveau costume noir que Frida avait fait tailler pour ce jour-là. Il n'avait rien de particulier à faire, mais il avait l'air satisfait en tout cas, comme d'habitude. Et bientôt, tout irait mieux de nouveau, car on aurait du café et il lui faudrait avancer des chaises pour tout un chacun en les priant, avec un sourire de satisfaction, de s'asseoir. Pour dire quelque chose, cela, non, il ne parlait pas volontiers inutilement. Il pensait également les prier de prendre un peu de café, mais il considéra qu'il ne devait pas, c'était à Frida, après tout. Ils se servaient quand même, reprenaient une seconde tasse et commençaient à bavarder, se sentant davantage comme chez eux. Jonas était transporté, il était à côté du poêle de faïence et buvait du café, lui aussi, écoutant avec une bienveillance extrême tout ce qu'ils disaient, courant dans la cuisine quand la cafetière était vide, offrant du sucre, aux tables près des fenêtres, où les dames s'étaient assises, offrant son aide partout où il passait. Bien sûr, ce n'était pas l'usage que le futur marié fît le service de la sorte, mais il ne le savait sans doute pas. Ils lui souriaient, à leur façon, et il leur rendait leur sourire, à la sienne, avec une gentillesse tellement cordiale. Ils pensaient peut-être qu'il était un peu niais, avec ce sourire qu'il avait. Mais il n'y avait pas à dire cela, c'était un sourire à la fois sage et bon. C'était seulement le fait qu'il riait constamment. Bon, c'est ainsi qu'il devait être. A présent, il pensait que tout allait si bien. Et c'était bien le cas. Il n'y avait rien qui clochait.

Là-haut, dans la chambre sous les combles, on était en train d'habiller Frida en mariée. Agnes Karlsson, sa meilleure amie, comme on dit, lui frisait ses minces cheveux avec un fer : cela sentait le brûlé jusque par la fenêtre. C'était la première fois qu'on la frisait, il le fallait bien, n'est-ce pas. Elle se reconnaissait à peine quand elle se regardait dans la psyché que l'on avait transportée là-haut. La vieille Frida, elle ne se ressemblait guère. Non, elle ne le pouvait pas, un jour si solennel.

Oui, pensez donc, dire que c'était aujourd'hui. Aujourd'hui qu'elle et Jonas se tiendraient devant l'autel et seraient bénis pour toujours, pour l'éternité, devant leur Dieu. Dire que ce jour était réellement arrivé, que cela allait se passer tout de suite, dans un petit moment.

— Pourvu qu'on ait disposé les fleurs exactement comme elle l'avait dit, à côté des marches, en bas. Tu crois Agnes ?

— Mais oui, tu penses bien !

— Et le gâteau, était-on sûr qu'il était arrivé, le gâteau avec leurs initiales ?

— Sûrement, j'ai vu Klas arriver avec un carton à gâteau, c'était ça, bien entendu.

Mais ne pourrait-elle descendre se renseigner, à tout hasard, pour plus de sûreté ?

— Mon Dieu, non, il faut finir ça, tu comprends bien.

— Bien sûr, c'est important, ça aussi. Tout est important, un jour comme celui-ci. Il faut penser à tout.

Oh oui, si seulement tout se passait bien et que ce fût une fête comme elle l'avait espéré, comme elle en avait tant rêvé. Comme la gravité extrême de l'heure l'exigeait.

Qu'y a-t-il de plus grand ici-bas que lorsque deux êtres humains s'unissent, se rencontrent devant Dieu pour que leur alliance soit marquée du sceau de la foi en l'Eternel. Ah ! il devait y en avoir beaucoup qui ne pensaient pas à ce qu'était cette solennité. Qui la prenaient pour une fête enjouée où l'on danserait et rirait. Bien sûr, on le ferait aussi, elle était si contente qu'elle en avait le cœur bondissant. Il n'y avait pas de mariée plus contente qu'elle et qui eût plus de raisons d'être heureuse. Non, il n'y en avait pas.

Et pourtant, malgré tout. Malgré toute cette joie... C'était quand même la gravité qu'elle ressentait le plus. La grande gravité qui marquait cette journée, cette journée à eux. Que ce qui les attendait maintenant était la chose la plus importante qui pût leur arriver, à elle et à Jonas. Leurs vies seraient unies, elles ne feraient qu'une. Leurs âmes seraient confondues par la bénédiction nuptiale, à jamais. Ni lui ni elle ne seraient plus jamais seuls. Comme c'était extraordinaire. Jamais plus seuls. Elle savait ce que cela signifiait, elle qui avait été seule depuis qu'elle était petite et qu'elle avait perdu ses parents. Elle connaissait si bien cela, par chaque jour de sa vie. Non, il n'est pas bon que l'homme soit seul.

Alors, était-il si extraordinaire qu'elle voulût qu'en cette heure magnifique, tout fût aussi grave et beau que possible ?

— Regarde-toi dans le miroir et dis ce que tu penses, dit Agnes.

Et Frida se pencha et vit son image, se passa la main sur le front, toucha cette coiffure inhabituelle.

Comme elle avait le visage petit et mince, elle avait l'air d'une petite fille anémique. Mais ses traits étaient usés et ses joues s'étaient creusées. Elle avait été marquée par les années, elle avait pris tant de rides, mais tout cela était si petit, si fin. On aurait dit que ç'avait été fait prudemment. Même une cicatrice qu'elle avait au cou paraissait petite et fine, comme tout en elle. Seuls, les yeux étaient grands, infiniment doux et candides. Ils étaient étrangement ouverts. La bouche avait l'air d'un trait mince, comme si ç'avait été une femme très décidée et entreprenante. Mais cela venait de ce qu'elle était aussi mince et pâle que tout le reste. Pour peu qu'elle rît, cela changeait tellement, c'était remarquable. Alors, d'un coup, tout son visage s'éclairait. Elle avait aussi le plus beau dentier de toute la contrée, il y en avait beaucoup pour le penser, bien qu'ils n'y eussent pas tellement réfléchi. Il lui allait si bien.

Non, pour être belle, elle ne l'était pas. Elle ne l'avait jamais été et maintenant, n'est-ce pas, il n'y avait pas à s'y attendre. Mais elle avait en elle quelque chose d'inhabituellement pur, comme il arrive aux lingères et aux repasseuses. Et elle avait été lingère pendant des années avant de lancer son affaire. Et puis, bien sûr, il y avait aussi le fait que s'occuper toujours de choses fines et propres, cela lui allait bien, ce devait être pour cela qu'elle s'y était adonnée. Ses mains étaient parfaitement blanches, elle n'avait évidemment jamais eu besoin de faire des travaux grossiers. Quoique, pour les faire travailler, elle l'avait beaucoup fait, on le voyait bien.

— On va peut-être essayer aussi la couronne, dit Agnes, pour voir comment elle va avec la coiffure. Tu en veux une, n'est-ce pas ?

— Oui, chère Agnes, fais-le.

Et Agnes la fixa avec des épingles à cheveux au sommet de la tête, une petite couronne de myrte que Frida avait coquettement tressée à partir d'une branche de myrte qu'elle avait héritée de sa mère, que celle-ci avait utilisée quand elle s'était mariée elle-même. Trois fois, elle s'était défaite, mais elle avait mis de jeunes pousses, c'était la même plante en tout cas. A l'intérieur, la couronne était emplie de tulle blanc, qui se déployait ensuite en un voile superbe.

Frida se leva pour pouvoir se regarder comme il faut dans le miroir. Son jupon et sa robe, elle ne les portait pas encore pour ne rien froisser, mais sa culotte était d'une blancheur de neige, et ornée des plus délicates dentelles de toute la mercerie, le voile tombait, mince et aérien le long du dos, jusqu'aux genoux. Elle était vraiment mignonne, s'émerveillant d'elle-même comme elle était là, pensive et heureuse. Les yeux pleins de rêve, elle regardait son image, se voyant pour la première fois en mariée.

— Non mais, tu n'as que ta culotte ! explosa Agnes qui éclata de rire.

Et de fait ! Frida eut un doux sourire en y pensant. Puis elle ôta son voile, prudemment.

Agnes trouvait que la couronne était posée trop à plat sur la tête.

— Ah bon, tu trouves. Je n'y ai pas pensé. Oui, elle n'est peut-être pas comme il faut.

— Peut-être faudrait-il friser encore plus tes cheveux, pour qu'elle se trouve un peu plus haut ?

— Mais ce n'est pas tellement facile de les faire monter plus haut, vois-tu.

— Non, ils sont si minces.

— Oui, c'est pour ça. Mais je vais essayer.

Et Agnes eut la gentillesse de recommencer, elle prit des cheveux sur les côtés et les remonta sur le haut de la tête, bien qu'ils n'y atteignent pas, elle pensait placer là le chignon, car l'endroit où il serait n'avait pas d'importance une fois que le voile viendrait le cacher. Elle était tellement secourable et extraordinaire.

Et Frida restait là à rêver pendant ce temps. Il n'était pas étrange qu'elle rêvât...

Elle pensait à la façon dont Jonas et elle s'étaient rencontrés, comment leurs destinées s'étaient liées, leurs pas les avaient conduits à ce grand moment magnifique. Longtemps, ils avaient été chers l'un à l'autre, longtemps, pendant bien des années. C'était une sympathie secrète de l'âme, sans paroles, sans qu'ils le sachent eux-mêmes. Cela ne s'était épanoui en un amour véritable que ces derniers temps. Ils s'étaient, pour ainsi dire, rapprochés davantage l'un de l'autre. Elle se rappelait comme il avait pris sa valise un jour qu'elle revenait de la ville en train. Ils avaient enfilé la rue et alors, il avait dit : « on a été faire des courses, à ce que je comprends », et alors, elle avait dit « oui, c'est cela », mais en disant cela, il s'était trouvé qu'elle l'avait regardé dans les yeux. Il y avait quatre ans maintenant, mais elle se le rappelait comme si ç'avait été hier. C'est alors que c'était devenu sérieux.

Oui, comme tout cela est étrange. Les destinées humaines — à quoi nous mènent-elles ? Qu'est-ce qui les a amenés de concert, Jonas et elle, à ce sentiment sacré qui fait qu'ils ne se quitteront jamais plus.

Mais avant que quelque chose fût déclaré entre eux,

il se passa de longues époques encore. C'est ainsi. Oh ! ce jeu moqueur de l'amour, ce doux cache-cache de deux amants. Tous les deux ressentent la même chose, mais aucun ne veut l'avouer. Les âmes sont attirées l'une vers l'autre, elles s'étirent l'une vers l'autre dans un désir profond, s'appellent comme oiseaux pépiants, comme les bêtes dans l'étable, le soir.

Et puis, au beau milieu de cela, une inquiétude angoissée et constante, malgré tout. M'aime-t-il ? Peut-être que non ? Et moi, l'aimé-je vraiment, de tout mon cœur, du plus intime de moi-même, comme on doit aimer ? Comme il faut le faire. Sommes-nous deux âmes qui doivent se rencontrer au cours de notre errance ici-bas, comme Dieu l'a décidé ? Décidé de pénétrer dans la claire demeure de l'amour. Sommes-nous appelés, élus pour cela. Oui, oui, je veux le croire, je veux le croire !

Oui, elle le croyait. Elle savait. Elle restait là à regarder devant soi, dans un ravissement serein, rendue absente par le bonheur.

Non, deux êtres humains ici-bas ne pouvaient se rencontrer d'une façon plus belle et plus délicate qu'ils l'avaient fait, Jonas et elle. Ses yeux se mouillaient quand elle y pensait, son regard s'en allait loin, loin, comme pour un pays distant.

Avait-elle raison ? Oui. C'était ainsi. Ce qu'ils éprouvaient l'un pour l'autre, c'était l'amour. Elle l'avait pris parce qu'il lui était cher. Elle aimait uniquement pour aimer. Et Jonas ? Il avait dit oui parce qu'il trouvait infiniment gentil qu'elle voulût de lui. Il ne l'aurait jamais imaginé. Mais dès qu'il en eut la permission, il l'aima indiciblement. Il n'avait jamais encore aimé personne, car personne ne le lui avait demandé, et, bien entendu, ce n'était pas une chose à quoi il pût se résoudre volontiers. Mais lorsque, comme on l'a dit, il eut la permission, ce fut l'amant le plus enflammé qui se pût trouver. Il la contemplait comme quelque chose de divin, quelque chose d'incompréhensiblement bon et beau. Il était incapable d'imaginer un être plus parfait. Pour lui, elle était comme la Providence elle-même.

Qu'elle eût un peu d'argent, cela ne l'avait pas retenu car il ne s'entendait guère à ces choses-là. Il en utilisait si peu. Mais c'était sans doute bien, bien entendu, parce que tout le monde parlait de cela. Pour lui, il ressentait une sorte de recueillement à la pensée de ces choses. Cela rendait le tout encore plus remarquable, si possible.

La seule chose, c'était qu'il ne pourrait plus continuer à rester en bas près de la barrière, car cela allait sûrement lui manquer. Il y était habitué, n'est-ce pas, et le fait est que, lorsque l'on s'est habitué à quelque chose, on a du mal à s'en séparer. C'était tout de même sa profession, pour ainsi dire. Mais si Frida pensait qu'il était trop distingué pour continuer de travailler, il faudrait bien qu'il s'en accommode. Ça irait sûrement bien, ça aussi. Il n'avait pas voulu la questionner directement là-dessus. On aurait bien le temps pour cela. Il l'aimait, c'était le plus important, il l'aimait indiciblement et il n'était rien qu'il ne pût faire pour elle. Il aimait Frida pour elle-même. Et parce que c'était *elle* qui avait été assez bonne pour se soucier de lui.

C'était ainsi. C'était l'amour, voilà tout, chez tous les deux.

Oui, Jonas... Elle pensait à lui, tel qu'il était. Pensez donc, quand il l'avait prise dans ses bras, dans la forêt, ce printemps dernier, en lui disant qu'elle était sa fleur la plus belle. Oui, il était capable de dire tant de choses extraordinaires que nul autre n'aurait pu inventer. Il avait de grands dons, c'était sûr, que personne ne savait mieux qu'elle.

Agnes cessa de peigner.

— Bon, Frida, on ne te rendra pas plus chic maintenant, dit-elle.

— Oh ! bien chère, mais c'est tellement bien ! Merci à toi !

Elles regardèrent et examinèrent et trouvèrent que, maintenant, les cheveux se tenaient beaucoup mieux, aussi gracieusement qu'ils le pourraient jamais.

— Maintenant, je crois qu'il faut nous dépêcher de te mettre ta robe.

— Oui, l'heure doit être venue maintenant... Ah ! ma petite Agnes, tu ne peux pas imaginer comme ça fait un étrange effet.

— Ah bon ! tu trouves !

— Imagine donc, s'habiller en mariée... tout ça, c'est comme un rêve. Impossible de croire que c'est la réalité.

— Oui, tu vois, si c'était à moi de décider, dit Agnes, tu mettrais plutôt ton élégante robe noire, elle te va si bien.

— Mais, chère Agnes, à quoi penses-tu ! Comment peux-tu !...

Frida la regarda avec un étonnement extrême, presque affligée qu'elle pût être aussi inconsidérée et dire de pareilles choses.

— Une mariée doit être en blanc, voyons, tu comprends bien, c'est tout de même une fête joyeuse.

— Oui, oui, je veux seulement dire... voilà ce que moi, je pense. Mais bien entendu, tu feras exactement comme tu voudras.

Ce fut comme elle voulait. Autrement, ç'aurait été étrange, aussi, elle se l'était faite précisément pour cette occasion, avait veillé tant de nuits à la coudre. Et que n'avait-elle pas rêvé en la faisant. Agnes l'aida à la passer. Elle venait d'être repassée, elle était tellement élégante, elle ne devait être froissée en aucune façon.

Mais le jupon pendait par en dessous, derrière. Que devaient-elles y faire, il fallait bien qu'elles le remontent.

Agnes obéit.

— Tu vas voir que le pasteur est arrivé.

— Ce n'est pas possible, dit Frida tout bas, en sentant qu'elle pâlissait.

— Tu peux bien entendre, ils ne disent pas un mot.

— Alors, il faut que nous soyons prêtes, dit très calmement Frida.

Jonas frappa doucement à la porte entrouverte.

— Le pasteur est arrivé, chuchota-t-il d'un ton recueilli.

— Mon petit Jonas, c'est toi. Non, tu n'as pas le droit de me voir, pas encore. Mais tout de suite, tout de suite, il faut seulement remonter ça. Le pasteur est arrivé, dis-tu. Bon, alors, c'est le moment... Pense donc qu'il pend par en dessous, c'est tout de même bizarre. Chère Agnes, dépêche-toi si c'est possible.

— Oui, mais tiens-toi de façon que j'y arrive !

— Oui, oui, bien sûr... Qu'est-ce que le pasteur a dit, mon petit Jonas ?

— Le pasteur... qu'est-ce qu'il a dit ? Eh bien, il n'a rien dit.

— Tu l'as salué, je pense ?

— Non, je suis parti quand il est arrivé.

— Vraiment ?

— Oui, j'ai pensé que je voulais monter ici.

— Oui, oui, c'est gentil, bien sûr, tu voulais prévenir, je comprends. Maintenant, je vais mettre la couronne aussi et je serai prête. Cher petit Jonas, tout est sûrement comme il faut, en bas ?

— Oui, ma petite Frida, sûrement, c'est tellement bien ainsi.

— Est-ce que les pots de fleurs sont à leur place ?

— Certainement.

— Et les nappes de dentelle sur les sellettes ? Hulda ne les a pas oubliées ?

— Mais non, elles y sont toutes.

— Et le gâteau ? Le gâteau, mon petit Jonas ! Es-tu sûr qu'il est arrivé ?

— Oui, je ne saurais dire, mais j'ai vu Klas arriver avec une boîte à gâteaux, je me demande si ça ne pourrait pas être ça.

— Oui, c'était sans doute ça.

— Pourvu que tout aille bien. Que ça soit comme il faut. En ce grand, grand jour solennel de notre vie.

— Ils ont dû prendre des gâteaux avec le café, Jonas ?

— Sûrement.

— Tu as dû leur demander de se servir ?

— Ça n'a pas été la peine, ma petite Frida.

— Maintenant, on peut dire que tu es prête, je crois, dit Agnes en lui jetant un dernier regard critique.

— Je suis prête ! Merci, merci, ma bonne Agnes.

— Tu peux avancer maintenant, mon petit Jonas, viens donc, tu n'as pas besoin de rester là derrière.

Et Jonas avança. Il resta saisi d'admiration béate devant cette apparition qui rayonnait vers lui, là, au milieu de la pièce, d'une blancheur éblouissante et belle. D'admiration pour sa bien-aimée Frida à lui, dont la vue l'emplissait d'un bonheur presque vertigineux. Il la regarda, la regarda, les yeux brillants, ne pouvant croire que ce fût vrai.

— Es-tu satisfait de moi, mon ami ?

— Oui, dit-il d'une voix brouillée, et il eut les larmes aux yeux, le pauvre. Il ne put rien dire de plus, il se contenta de lui presser, presser la main comme pour la remercier — encore et encore...

— Alors, tout est bien, murmura Frida en sanglotant. Alors, nous pouvons descendre ensemble.

Et elle s'essuya les yeux, gardant son mouchoir devant pour ne pas montrer son émotion, à quel point elle était impressionnée.

— Le bouquet de la mariée ! cria Agnes en allant le chercher dans un vase. Elle l'essuya d'une serviette, c'étaient de délicats œillets et de la verdure.

— Oui, merci, merci, ma bonne Agnes, dire que l'on peut oublier !... Oui, on oublie tout à un moment comme celui-là.

Et puis ils descendirent. Côte à côte, étroitement serrés l'un contre l'autre. La couronne glissa un peu de travers dans l'escalier, sinon, tout alla bien. Les yeux brillants, ils pénétrèrent dans la salle de noces, dans la petite pièce où le soleil brillait à travers les rideaux. Ils se glissèrent parmi les invités, parmi les dames qui les regardaient, compassées, et les hommes qui toussotaient. Près des sellettes, le pasteur les attendait, sévère et digne. Ils se tinrent devant lui comme des enfants innocents, pleins d'attente recueillie. Il les examina par-dessus son pince-nez, ouvrit son livre et se mit à lire.

— Au nom du Père, du Fils et du Saint-Esprit.

Ils étaient suspendus à ses lèvres. On n'eût pu trouver auditeurs plus attentifs, aussi apeurés de laisser échapper un seul mot, aussi captivés par la gravité de l'instant. Bien entendu, Jonas souriait comme d'habitude, mais c'était de pur et inexprimable recueillement. Il tenait la tête de biais pour tout entendre et ses mains étaient jointes dans une confiance intime en tout ce qui lui était proclamé. Et Frida aussi joignait bien ferme les mains qui tenaient le bouquet, et regardait dans une inébranlable conviction le pasteur, dans une humble reconnaissance.

Quand, ensuite, ils durent se mettre à genoux, ils pensèrent que c'était le plus délicieux de tout. Le soleil brillait sur eux, sur la belle robe blanche de Frida entourée de son voile, qui devenait comme faite de lumière, et aussi sur Jonas dans ses habits non encore utilisés. Ils se trouvaient droit devant la fenêtre, ce qui faisait rayonner leurs yeux d'un éclat presque surnaturel. Autour d'eux, il y avait tous les pots de fleurs. C'était un moment plein de lumière et de beauté.

Evidemment, les autres ne pouvaient éprouver les mêmes choses. S'ils étaient là, c'est parce qu'ils étaient invités. Mais c'était la parole de Dieu qu'on lisait, l'instant, bien entendu, était solennel. Les dames avaient les yeux un peu humides comme il est d'usage à une noce. Et puis, tout le monde entendait comment ils répondaient d'une voix tremblante aux questions habituelles. Oui, il était amusant d'être là, quand on les connaissait si intimement tous les deux. Car ils connaissaient fort bien Jonas également, d'une certaine façon.

Le pasteur ne fit pas de discours, il n'en était pas besoin non plus. Mais il lut le Notre Père et la bénédiction, et ils n'auraient jamais cru que cela parût si beau, c'étaient comme deux prières tout à fait nouvelles, avec des mots nouveaux et remarquables, qui les concernaient, eux, précisément. Puis il referma le livre et cet acte émouvant fut terminé. Frida et Jonas étaient unis par le sacrement du mariage, pour toujours.

On offrit du vin à la ronde. Et tout le monde but avec eux, d'abord le pasteur qui leur souhaita du bonheur, puis tous les autres selon leur âge, leur situation ou leurs relations de parenté. Le soleil brillait dans les verres, il y avait des tintements et des scintillations tout ensemble, il y avait un tel air de fête dans la petite pièce. Au milieu des invités, entourée de tout le monde, se tenait la mariée rayonnante de bonheur. Et à côté d'elle, Jonas, souriant de chaque ride de son gentil visage. Ils trinquèrent avec lui aussi, et il tenait son verre du bout des doigts comme s'il tendait une fleur extraordinaire. Partout, il y avait des yeux aimables qu'il fallait remercier, et il faisait des courbettes, sans interruption. Déferlait vers lui une vague de chaleur et de cordialité comme il n'aurait jamais pu l'imaginer. Puis l'atmosphère se détendit un peu, on s'assit aux tables près des fenêtres et là-bas dans le sofa, et l'on se mit à bavarder entre soi : il put être en paix au milieu de la pièce, passablement en paix.

Mais les dames s'emparèrent de Frida pour lui tapoter le bras et lui dire quelques paroles cordiales en plus des félicitations proprement dites.

— Eh oui, petite Frida, tu as eu ce que tu voulais, maintenant. Tu dois être très heureuse ? N'est-ce pas ?

— Oh oui, chère madame Lundgren, oh oui ! Je suis aussi heureuse qu'on peut l'être !

— Oui, je crois bien, petite Frida.

Et les parents s'avancèrent pour bavarder un peu avec elle.

— Ainsi, tu t'es mariée, ma petite Frida.

— Oui, ma petite Emma.

— Eh oui ! finalement, on y arrive.

— Oui, personne n'aurait pu croire que ce serait de cette façon. Mais on ne sait pas grand-chose de ce qui nous est destiné.

— Oh ! intervint Mlle Svensson, la buraliste, on pensait bien que Frida se marierait. Je l'ai dit bien des fois, c'est tout de même bien étrange que Frida Johansson ne se marie pas. Elle en est bien capable.

— Oui, vous voyez, c'est aussi ce que je pensais. Mon mari disait toujours quand on était comme ça, à parler de la famille : non, Frida, elle ne se mariera jamais. Mais moi, je pensais : on verra bien, on n'est jamais vraiment sûr. Oui, bonne chance, petite Frida, nous trouvons tellement agréable que tu te sois mariée.

— Merci, merci, chère Matilda.

Et l'on bavardait. Et Frida souriait, elle était heureuse. Elle avait Jonas, n'est-ce pas. Ils se faisaient des signes de tête, en secret, le regard encore voilé, les paroles sacrées résonnant en eux. Ils se trouvaient bien un peu séparés, mais cela ne signifiait rien, il ne s'agissait que d'un moment. Et puis, tout se passait si bien... elle pouvait voir que c'était ce qu'il pensait, lui aussi. Oh oui ! il faut bien dire qu'ils étaient tellement aimables tous autant qu'ils étaient. Plusieurs avaient fait un long chemin pour être présents en ce grand jour. C'était si étrange qu'il y eût tant de gens rassemblés ici, précisément à cause d'eux. On discutait partout, si bien que l'on avait du mal à suivre et que l'on ne savait pas qui il fallait aller écouter. Et quand ils furent tous venus trinquer avec eux, pensez quelle solennité.

Et voilà que l'on sentait des odeurs de cuisine, les dames commencèrent à se demander ce que l'on allait leur donner, ce serait sûrement du rôti, comme d'habitude. Oui, Frida, elle voulait sûrement que ce fût du meilleur, et on en avait les moyens, ici. Ce qu'elle pouvait gagner dans sa petite boutique, personne ne pouvait le savoir. Et Hulda, c'est elle qui servirait, eh oui ! Et elle avait un tablier de dentelle, oui, oui, c'est moi qui vous le dis.

Le pasteur s'avança pour annoncer qu'il devait partir. Il n'était pas indispensable qu'il reste à une telle noce, et il avait tant de travail chez lui, du travail de bureau comme on disait. Non, il ne savait pas qui était Frida, ce qu'elle avait à offrir, comment l'eût-il pu.

Frida avait espéré qu'il resterait. Il restera sûrement, vous allez voir, avait-elle pensé. Elle avait cru que ç'aurait été tellement solennel. Mais il était contraint de partir. Oui, car il avait à faire, si épouvantablement. On peut bien se l'imaginer, un homme de l'esprit, responsable de tout ce qu'il y a de plus important dans la vie, pour tant d'âmes humaines. Cela doit faire beaucoup de travail, beaucoup, qui échappe au regard. Elle le remercia d'avoir fait de ce moment quelque chose de si solennel, de toutes les belles paroles qu'il avait lues. Elle et Jonas le reconduisirent jusqu'à la porte, Jonas l'aida à passer son manteau et à ouvrir la grille sur la route, il resta à faire des courbettes jusqu'à ce que le pasteur eut disparu au-delà des arbres.

Le dîner était prêt et l'on s'y assit. Les mariés à la place d'honneur, au milieu d'un des longs côtés de la table, et les autres rassemblés autour d'eux pour ce banquet en l'honneur des nouveaux mariés. Les hommes parlaient d'une canalisation d'égout qui se déversait dans le lac, trop près de la localité, on s'en était occupé, ils devaient prendre une décision finale, car les paysans présents ne savaient pas le vacarme que ça avait fait à la réunion. Mais on leur servit des canapés et des petits verres et ils envisagèrent aussi de manger. Il y avait de quoi, des quantités d'assiettes anglaises de toutes sortes. L'eau-de-vie était irréprochable, ils en reprirent. Ils commençaient à se sentir à leur aise et revigorés comme il sied dans une noce. Oui, puisqu'elle se mariait, la vieille Frida, il fallait veiller à ce que tout fût fait dans les règles. Et pour ce qui est de tant manger et de tant boire, ils en étaient capables, pour une fois qu'ils y étaient invités.

— Ho ! Jonas, prends donc une goutte, cela ne fait pas de mal.

— Comment, il ne boit pas ! dit très haut par-dessus la table Emil d'Östergård, un cousin de Frida. Il peut bien en avoir besoin ! Prends une goutte, ça te fera parler un peu...

Et Jonas sourit et prit un verre, bien qu'il n'en consommât point autrement. Il le fallait, n'est-ce pas, puisqu'ils voulaient qu'il se joignît à eux.

— Oui, dire qu'on est venu à la noce. Pour être inattendu, c'était inattendu !

— Oh ! il y a tant de choses inattendues. Il arrive que ça se passe à une telle vitesse qu'on se demande souvent comment ça s'est fait. Mais ici, ce n'était pas le cas !

— Eh non, sûr que non, Julius. A ta santé, sacré farceur !

— Non, mille diables, si on veut faire le commerce des bœufs avec moi, autant qu'on amène les meilleurs qu'on a, et qu'on paie la différence. C'est bien ce que j'ai dit à un type. Pouh ! c'est bien la plus minable foire au bétail à laquelle j'aie participé.

— On ne vous a même pas donné de l'eau-de-vie ?

— Mais non, c'était fermé !

— Oui, alors, bien entendu, on ne pouvait faire de commerce.

— Ho ! Emil ! verse par ici ! Vous n'allez tout de même pas tout garder pour l'autre bout de la table !

Le rôti fut servi et ils continuèrent à boire pour l'accompagner. Jonas dut aussi en être, bien qu'il voulût se dérober.

— Quel diable d'homme es-tu si tu ne bois pas un petit coup !

Il devait en avaler, comme eux. Et Jonas but, bien qu'essayant d'en prendre aussi peu que possible. Car il n'était pas de ceux qui savent dire non. Et leurs intentions étaient bonnes, à tous, il fallut bien qu'il accepte.

— Bois pour prendre des forces. Une journée comme celle que tu as devant toi aujourd'hui, tu n'en as sans doute jamais eu de toute ta vie.

— Il faut au moins que tu aies l'haleine un peu forte, si Frida doit être satisfaite de toi.

— Oui, prends du bon temps, Jonas. Tu n'as pas besoin de te surmener, en aucune façon.

— Tu vas finir de travailler à l'hôtel ? Ah bon ! Tu ne sais pas. Elle ne l'a pas dit encore.

— Tu vas peut-être vendre des broderies aux vieilles dames. Ce n'est pas si bête, des façons de faire aussi gentilles. Et puis, tu vas sans doute t'occuper des fleurs ici, elle a un nombre tellement fantastique de pots de fleurs, Frida.

— Comment ça va se passer, est-ce qu'il va être dans ta boutique, Jonas, ou alors, à quoi vas-tu l'occuper ?

Frida n'avait pas besoin de répondre, ils bavardaient à qui mieux mieux, cela faisait un fameux tintamarre. Elle regardait droit devant elle, de ses grands yeux doux, sa couronne de mariée un peu de travers, mais digne et paisible dans sa robe blanche qui lui allait vraiment bien si l'on y réfléchissait. Parfois, elle trouvait l'occasion de presser la main de Jonas sous la table, et alors son visage s'éclairait d'un sourire heureux et ils se regardaient dans une joie secrète. Puis elle redevenait grave, un peu mélancolique.

Le jour commençait à baisser, Hulda dut apporter des lumières. On servit le dessert. Il était tout à fait réussi, mais Frida ne pouvait pas beaucoup manger, seulement goûter pour voir s'il était comme il fallait. Et, oui, il l'était. Il faut dire qu'on s'était donné tant de peine à son sujet. Et puis, bien sûr, ce fut le tour du gâteau. Pour être beau, il l'était. Au milieu, il y avait J et F, en confiture rose, mais personne ne le remarqua, les lettres étaient tellement entrelacées aussi. Mais Jonas et elle les virent, bien sûr, et échangèrent un regard tendre, heureux, se tenant la main sous la table. Avec le gâteau, on servit du vin. Oui, si le pasteur avait pu rester, il aurait sûrement fait un discours pour eux maintenant. Certainement, qu'il l'aurait fait. C'était un grand orateur quand il le fallait. Mais tout allait bien tout de même. Ils mangèrent le gâteau.

Ensuite, c'était fini et il y aurait du café. On leva le siège un moment, les invités se répandirent dans toute la pièce, bavardant et faisant grand bruit, les hommes n'étaient pas toujours bien assurés sur leurs jambes. Ils eurent des cigares et l'on servit le café.

— Tu n'as pas de cognac, Frida, s'étonna Emil. Non, elle l'avait oublié. Elle n'avait sûrement pas pensé que l'on boirait tant par un jour comme celui-là. « C'est mal pour un jour si solennel, pensait Emil, c'est une noce, non, que je sache... Alors, il faut du cognac, tu comprends bien ! J'en ai une bouteille dans ma voiture, que je suis passé prendre à la boutique. Si bien que je peux l'amener. » Et il sortit bruyamment, pour revenir un moment après avec la bouteille. « Comme ça, il y aura du pousse-café. »

Ils se mirent à boire. Ils criaient tous à tue-tête, c'était comme s'ils s'étaient trouvés sur leurs terres à se hurler des choses d'un domaine à l'autre, ils juraient tous comme s'ils allaient se mettre à mort quand ils se rencontreraient, bien qu'ils fussent excellents amis, qu'ils fussent en groupes serrés et se parlassent en pleine figure. Ils étaient de plus en plus ivres au fur et à mesure que la soirée avançait, ils titubaient les uns contre les autres et s'asseyaient de telle façon sur les sièges qu'ils en craquaient. Les gens de la petite bourgade se tenaient un peu plus dignement, ils avaient eu le temps de devenir un peu plus chics, n'est-ce pas, mais les paysans étaient vraiment atroces. Tout était enfumé et les vapeurs d'alcool se répandaient dans la pièce, l'emplissant de leur chaude odeur.

Les dames s'étaient mises à leur aise, elles se tenaient dans leur coin, bavardant sur le compte de gens qui n'étaient pas là, de ce qui était arrivé dans la contrée, cela faisait beaucoup de choses depuis la dernière fois, à cette époque, il n'y avait pas beaucoup de fêtes. Puis elles exposèrent le fond de leurs pensées, secouant la tête et pinçant les lèvres, chuchotant, écoutant, redisant quelque chose, Dieu sait quoi. Frida resta un moment avec elles, puis elle alla jeter un coup d'œil à la cuisine, elle arrangea les fleurs qui n'avaient pas été disposées comme elles l'auraient dû, et s'occupa un peu de la lampe. Pour finir, elle resta au milieu de la pièce, les mains nouées, regardant devant soi, écoutant le vacarme alentour.

— Une pareille nigaude, s'afficher en blanc, entendit-elle dire à quelqu'un derrière elle. Alors, elle s'en alla s'asseoir loin, près de Jonas. Et au moment de s'asseoir, elle fondit en larmes.

Mais ce n'étaient pas de vraies larmes, cela venait tout doucement, silencieusement, ce n'étaient que des larmes qui coulaient. Personne ne remarqua rien, hormis Jonas. Il fut complètement terrifié, la caressa, lui prit la main, la garda tendrement entre les siennes, ne cessant de demander ce qu'il y avait, pourquoi elle pleurait. Mais alors, elle le regarda aussi chaudement et sourit aussi doucement et gentiment que de coutume lorsqu'ils se parlaient, entre eux.

— Non, mon petit Jonas, dit-elle, ce sont seulement des larmes de joie.

Alors, il retrouva son calme, car il voyait bien que c'était vrai.

— Mon petit Jonas, dit-elle ensuite, montons chez nous maintenant.

Et c'est ce qu'ils firent. Ils prirent congé de tout le monde, joyeux et aimables, en couple heureux, puis ils montèrent chez eux.

Là, tout était en ordre, le lit fait, tout en bel état, comme Frida l'avait décidé. Le drap du lit avait un entre-deux de dentelle, c'était le plus large qu'il y eût à la boutique, il y avait sur la table des fleurs fraîchement apportées, sur une nappe blanche avec de la broderie à jours, de même que sur la commode. La fenêtre était ouverte, c'était une soirée silencieuse de fin d'été, éclairée d'étoiles brillantes.

Comme tout était calme et paisible. Ils tombèrent dans les bras l'un de l'autre, subjugués de bonheur. Ils restèrent longtemps ainsi, si longtemps qu'ils n'avaient plus conscience du temps, totalement emplis de leur bonheur. En bas, le vacarme continuait, mais il était étrange que l'on n'entendît pas. Il était étrange, sans doute, que l'on pût ne rien entendre, ainsi, absolument rien.

Puis ils se déshabillèrent et allèrent se coucher, parmi les caresses et les chuchotements. Ils s'attirèrent l'un l'autre et éprouvèrent quelque chose de merveilleux qu'ils n'avaient jamais ressenti, qui ne ressemblait à rien d'autre — rien.

Non, jamais elle n'aurait cru que l'amour pût être quelque chose d'aussi grand. Elle avait beau y avoir tant pensé, jamais elle n'avait pu vraiment se le représenter. C'était comme si elle avait vécu toute sa vie pour cet instant où elle et Jonas furent un. Il la tenait dans son bras — il était fort car il avait porté tant de choses dans sa vie. Et elle se donna à son bien-aimé, c'était si indiciblement beau de pouvoir lui donner tout ce qu'elle possédait, si divin. Elle le mordit de ses fausses dents, de telle sorte qu'il en eut le vertige. Oui, elle-même en fut un peu décontenancée, juste après. Mais c'était l'amour qui parlait. Le grand amour divin, le miracle incompréhensible qui rendait toute chose sacrée.

Fatigués et bienheureux, ils restèrent côte à côte ensuite. Ils se tenaient seulement la main, comme si cela avait été encore plus tendre que de se caresser. Ils étaient comme engourdis par la perfection de leur bonheur.

Jonas s'assoupit, rassasié de sa journée. Il était

allongé là, tellement bon et beau à côté d'elle sur le chevet, elle lui caressa les cheveux, les remit en ordre. Elle aussi se sentait un peu exténuée. Mais elle restait à écouter dans la pénombre, les yeux ouverts.

Comme tout était silencieux. D'un silence si extraordinaire. Étaient-ils encore là ou étaient-ils partis. Elle n'entendait rien. C'était seulement la grande, l'insondable nuit, et le bien-aimé à son côté, qui respirait calmement. Sinon, rien.

Elle se pelotonna à côté de lui et s'endormit, elle aussi, la main de Jonas fermement serrée dans la sienne. Ils étaient étendus là, ensemble, en pleine obscurité, près l'un de l'autre, les joues brûlantes, la bouche entrouverte pour des baisers. Et comme un chant de louange céleste, comme un hosanna de lumière autour de la seule chose qui existât, les étoiles grimpaient en cohortes puissantes autour de leur couche, toujours plus nombreuses au fur et à mesure qu'il faisait plus noir.

BIBLIOGRAPHIE

1. *Œuvres de Lagerkvist*

Il n'existe pas d'œuvres complètes de Lagerkvist publiées à ce jour. Pour le détail, on se reportera à la chronologie.

Toutefois, ses ouvrages non narratifs en prose ont été publiés sous le titre de *Prosa* (Prose) de 1949 à 1966 ; ses poèmes, de même, sous le titre de *Dikter* (Poèmes), en 1965 ; son théâtre, sous le titre de *Dramatik* (inclut la version dramatique de *Barabbas*), en 1966.

2. *Etudes sur Lagerkvist*

Elles sont innombrables en raison de l'allure énigmatique de l'ensemble de l'œuvre et des problèmes qu'elle n'a pas manqué de poser à la critique, problèmes qui varient considérablement selon les temps et les mouvements de pensée. On ne retiendra ici que quelques études qui semblent fondamentales :

a. *en suédois*

Sven LINNER : *Pär Lagerkvists livstro*. (La foi en la vie de P. L.) Stockholm. Bonniers. 1961.

Thure STENSTRÖM : *Berättartekniska studier i Pär Lagerkvists, Lars Gyllenstens och Cora Sandels prosa*. (Etudes de la technique narrative dans la prose de P. L., L. G. et C. S.) Stockholm. Bonniers. 1964.

Gunnar TIDESTRÖM : *Synpunkter på Pär Lagerkvist*. Redigerad av Gunnar Tideström (Points de vue sur P. L. Sous la direction de G. T.). Stockholm. Almquist & Wiksell. 1966.

Willy JONSSON : *Gud, matos och kärlek : om Pär Lagerkvists fädernemiljö och barndomsvärld* (Dieu, fumets de cuisine et amour : Du milieu paternel et du monde de l'enfance de P. L.). Öja hembygds och kulturminnes förening. Växjö. 1978.

Gustav FREDEN : *Pär Lagerkvist.* Verdandis Småskrifter. Stockholm. 1952.

Hans O. GRANLID : *Det medvetna barnet : Stil och innebörd i Pär Lagerkvists Gäst hos verkligheten* (L'enfant conscient : style et contenu de L'Invité de la Réalité de P. L.) Göteborg. 1961.

Kaj HENMARK : *Främlingen Lagerkvist* (L'étranger Lagerkvist) Stockholm. 1970.

Ingrid SCHÖIER : *Som i aftonland. Studier kring temata, motiv och metod i Pär Lagerkvists sista diktsamling.* (Comme au pays du soir. Etudes autour de la thématique, des motifs et de la méthode dans le dernier recueil de poèmes de P. L.) Thèse (avec un résumé en français). Stockholm. 1963.

b. *dans d'autres langues*

Numéro spécial de *Scandinavica,* supplement may 1971 : *Pär Lagerkvist.*

Gunnel MALMSTRÖM : *Pär Lagerkvists verden. Hovedmotiv i Pär Lagerkvists diktning* (Le monde de P. L., Thèmes principaux dans l'œuvre de P. L.). Oslo. 1970.

Otto OBERHOLZER : *Pär Lagerkvist. Studier zu seiner Prosa und seinen Dramer.* (P. L. Etudes de sa production en prose et de ses drames.) Heidelberg. 1959.

Irene SCOBBIE : *Pär Lagerkvist. An introduction.* Stockholm. 1963.

Leif SJÖBERG : *Pär Lagerkvist.* New York. 1978.

Andreas SKARTVEIT : *Gud skapt i menneskets bilete. Ein Lagerkvist-studie.* (Dieu créé à l'image de l'homme. Une étude de L.). Oslo. 1966.

Ray L. WHITE : *Pär Lagerkvist in America* (anglais). Stockholm. 1979.

Enrico TIOZZO : *Inquietudine religiosa e ricerca di Dio in Pär Lagerkvist.* Roma. 1970.

Il n'existe rien en français sur Pär Lagerkvist : on lira pourtant la préface de Vincent Fournier à sa traduction de *Exil de la terre*, et celle de Diane de Margerie aux *Œuvres* publiées par Stock en 1981. Egalement, Régis Boyer : introduction à la traduction d'*Ames masquées*, Oswald, 1974.

3. *Traductions*

a. en d'autres langues que le français, innombrables traductions dont on trouvera une liste exhaustive, malheureusement arrêtée en 1964, dans :

Anders RYBERG : *Pär Lagerkvist in translation. A bibliography compiled* by A. Ryberg. Stockholm. 1964.

b. en *français* (en suivant l'ordre alphabétique des titres des traductions) :

Ames masquées. Nouvelle traduite du suédois et présentée par Régis Boyer. Paris. P. J. Oswald. 1974.

Barrabas. Avant-propos de Lucien Maury. Lettre d'André Gide. Traduction de Marguerite Gay et Gerd de Mautort. Paris. Stock. 1950.

Barrabas. Avant-propos de Lucien Maury. Lettre d'André Gide. Traduction Marguerite Gay et Gerd de Mautort. Paris. Livre de Poche. 1962.

Barrabas. Précédé de : La « petite histoire » de l'attribution du Prix Nobel à Pär Lagerkvist par le Dr Kjell Strömberg. Discours de réception par Anders Österling. La vie et l'œuvre par E. Hj. Linder, traduction de Pierre Barkan, Bibliographie. Traduit par M. Gay et G. de Mautort. Illustrations. Paris. Rombaldi. 1964.

Le Bourreau, suivi de *Contes cruels* et de *Le Sourire éternel*, traduction M. Gay et G. de Mautort. Avant-propos de Lucien Maury. Paris. Stock. 1952.

D'angoisse et de chaos. Traduction de Jean-Clarence Lambert et Pierre Halleux. Paris. Seghers. 1952.

En ce temps-là. (I den tiden.) Présentation de Maurice Gravier. Traduction de Gérard Mantion. Paris. Minard. 1965.

L'Exil de la terre. Traduit et préfacé par Vincent Fournier. Paris. Stock. 1977.

L'Homme libéré dans *Le Mercure de France*, 1952, pp. 1-28, traduction de Pierre Halleux.

Le Logement en sous-sol, traduit par Liane Fredbär. Paris. *La Revue bleue* 13 : 1928, pp. 396-399.

Mariamne. Traduit par Jeanne Gauffin. Paris. Balland. 1981.

Le Moment difficile, traduit par G. Jean-Aubry et L. Alvar. *Revue de Genève,* mai 1921.

La Mort d'Ahasverus, traduction M. Gay et G. de Mautort. Paris. Stock. 1961.

La Mort d'Ahasverus, traduction M. Gay et G. de Mautort. Paris. Stock. 1984.

Le Nain. Traduction de M. Gay. Paris. Stock. 1946.

Œuvres (Le Bourreau, suivi de *Contes cruels* et de *Le Sourire éternel, Le Nain, Barabbas)* préface de Diane de Margerie, traduction de M. Gay et G. de Mautort. Paris. Stock. 1981.

Pays du soir, poèmes choisis et traduits par Gunnila de Ribaucourt. Paris. Arfuyen. 1981.

Pèlerin sur la mer, traduit par M. Gay et G. de Mautort. Paris. Stock. 1963.

Poèmes traduits par Gunnar Ahlborn et Raymond Schwab, dans *Yggdrasill* 1, 25.4.1937, pp. 4-6.

La Sibylle, traduction de M. Gay et G. de Mautort, précédée de : « L'œuvre de Pär Lagerkvist » par Kjell Strömberg. *La Revue de Paris,* 1957 : juillet, pp. 32-56 ; août, pp. 76-94 ; septembre, pp. 113-138.

La Sibylle, traduction M. Gay et G. de Mautort. Paris. Stock. 1957.

La Sibylle, traduction M. Gay et G. de Mautort. Paris. Stock. 1982.

La Terre sainte, traduit par Raymond Albeck. Paris. Stock. 1965.

Le Théâtre moderne, traduit par C. G. Bjurström dans *La Revue théâtrale,* N° 14, 1950, pp. 29-50.

Le Tunnel, un acte inédit. Traduction de Pierre Halleux, dans *La Revue théâtrale,* N° 21, pp. 57-67.

La Vie vaincue (sans nom de traducteur : G. M. Dahl) dans les *Cahiers du Sud.* 1938.

CHRONOLOGIE

23 mai 1891 : naissance à Växjö, Småland, de Pär Fabian, fils d'A.J. Lagerkvist, chef de gare et descendant d'une famille de petits paysans, et de Johanna Blad. Pär est le dernier de sept enfants. Il évoquera en détail, en se donnant le prénom d'Anders, son enfance, le milieu et ses centres d'intérêt, dans *Gäst hos verkligheten* (1925). Son enfance est sans histoires, il fait ses études secondaires au lycée de la ville.

1910 : il passe son studentexamen (baccalauréat). Il entend être écrivain. Il va vivre chez son frère aîné d'abord en Värmland, puis dans la région d'Uppsala.

1911 : il s'inscrit à l'Université d'Uppsala pour y faire des études d'histoire de l'art. Il confie ses premiers essais, en vers ou en prose, à de petites revues engagées politiquement comme *Fram*, mensuel de l'Union des Jeunes radical-socialistes où il fait imprimer son premier poème (Kväll, Soir), *Brand* ou *Stormklockan*. Mais il ne s'affiliera jamais à aucun parti ou mouvement.

1912 : il fait de la critique littéraire dans *Stormklockan* où il avoue son admiration pour Dostoïevski, et publie *Människor (Etres humains)*, nouvelle.

1913 : *Två sagor om livet (Deux récits sur la vie)*. Brusquement, il quitte la Suède et s'en va à Paris. Il y découvre avec ravissement le modernisme en art et, notamment, le cubisme de Picasso. Il confie le résultat de ses réflexions à un écrit-programme capital : *Ordkonst och bildkonst (Art verbal et art figuratif)* où il refuse réalisme et naturalisme et demande une forme symbolique de l'art.

1914 : il se fixe au Danemark pendant la Première Guerre mondiale. Publication de *Motiv*, recueil de poèmes en vers et en prose.

1915 : *Järn och människor (Fer et hommes)*, nouvelles. Y apparaît pour la première fois le principe adversatif ou dualiste qui dominera toute son œuvre.

1916 : *Ångest (Angoisse)* son premier grand recueil de poèmes. Marque son passage dans l'expressionnisme le plus pur.

1917 : *Sista mänskan (Le Dernier Homme)*, drame marqué par l'obsession de la mort.

1918 : il épouse une Danoise, le 17 mai, Karen D.J. Sørensen, née le 7 mars 1896. Ils divorceront en 1925.
Publication de *Teater (Théâtre)* qui comprend : trois pièces en un acte sous le titre d'ensemble *Den svåra stunden (Le Moment difficile)* et un écrit-programme : « Théâtre moderne, points de vues et attaques ». Le refus du naturalisme au théâtre est proclamé.

1919 : Pär Lagerkvist est critique dramatique au *Svenska Dagbladet*, l'un des grands quotidiens suédois.
Kaos (Chaos) recueil qui comprend : un drame, *Himlens hemlighet (Le Secret du ciel)* qui sera joué avec succès au Théâtre intime de Stockholm ; un récit en prose, *Den fordringsfulla gästen (Le Client exigeant)* ; et des poèmes sous le titre d'ensemble : *I stället för tro (En guise de foi)*.
Le livre marque le premier grand succès de l'auteur.

1920 : *Det eviga leendet (Le Sourire éternel)*, récit.
Désormais, Lagerkvist va résider surtout en France et en Italie.

1921 : *Den lyckliges gäst (La voie de l'homme heureux)*, poèmes d'un ton plus optimiste.

1923 : *Den osynlige (L'Invisible)* drame dans le sillage du *Chemin de Damas* de Strindberg. On y voit monter la méditation sur « la vie », « l'esprit » et « l'être humain ».

1924 : *Onda sagor (Contes cruels)*, récits, l'un de ses chefs-d'œuvre. Contient : « Père et moi », méditation sur sa découverte du mal dans son enfance, « L'ascenseur qui descendait en enfer », « Johan-le-Sauveur » et « Le sous-sol », tous variations sur le problème de la souffrance.

1925 : Pär Lagerkvist divorce d'avec son épouse danoise et se remarie avec l'institutrice suédoise Elin Hallberg (née en 1891 et morte en 1967). Ce sera une union heureuse, ils auront des enfants.
Gäst hos verkligheten (L'invité de la réalité, titre de la traduction française : *L'Exil de la terre*), autobiographie à peine voilée, l'un des rares livres où l'auteur consent à se livrer un peu.

1926 : *Hjärtats sånger (Les Chants du cœur)*, poèmes, l'un de ses plus grands recueils. L'auteur tente de s'y réconcilier avec la vie.

1927 : *Det besegrade livet (La Vie vaincue)*, essai. Entre l'idéal de Justice et d'Amour, « la vie » interpose ses cruautés et sa méchanceté : c'est elle qu'il faudrait vaincre.

1928 : *Den som fick leva om sitt liv (Celui qui eut la permission de refaire sa vie)*, drame sur un argument tiré du *Peer Gynt* d'Ibsen. Son plus grand succès dramatique, véritable tragédie classique sur l'impossibilité de vivre sans provoquer le malheur.

1930 : *Kämpande ande (L'Esprit en lutte)*, recueil de trois nouvelles : « La noce », « Ames masquées » et « Le départ », trois chefs-d'œuvre artistiques où se fait jour une intense compassion pour les misères de l'être humain et où monte un hymne à l'amour d'une pureté inégalée dans cette œuvre tout entière.

1932 : *Vid lägereld (Près du feu de bivouac)*, recueil de poèmes. Marque un retour à la veine sombre de cette inspiration.
Konungen (Le Roi), drame symbolique qui est aussi une courageuse dénonciation du nazisme.

1933 : *Bödeln (Le Bourreau)*, récit sur le thème de la violence et de la cruauté. L'un de ses grands succès. Sera adapté pour le théâtre en 1933.

1934 : Pär Lagerkvist fait un long voyage en Grèce et en Palestine et il y découvre, notamment en méditant devant l'Acropole, une des raisons majeures de ne pas désespérer de l'homme : la permanence de l'humanisme. C'est le thème de l'essai *Den knutna näven (Le Poing noué)*.

1935 : *I den tiden (En ce temps-là)*, essais satiriques pour fustiger le fascisme de Mussolini.

1936 : *Mannen utan själ (L'homme sans âme)*, drame inspiré par l'hitlérisme.

1937 : *Genius*, poèmes.

1939 : *Seger i mörker (Victoire dans les ténèbres)*, théâtre sur le même sujet que *L'Homme sans âme*. Pär Lagerkvist y met au point l'état définitif de son écriture, faite avant tout de symboles au mystérieux pouvoir de suggestion.
Den befriade människan (L'Homme libéré), essais.

1940 : Pär Lagerkvist entre à l'Académie suédoise.
Sång och strid (Chant et Lutte), poèmes patriotiques et anti-totalitaristes.

1941 : *Midsommardröm i fattighuset (Rêve de la Saint-Jean à l'hospice)*, (a été écrit en 1939, ne sera publié qu'en 1941), drame. Reprend la thématique profonde de *Celui qui eut la permission de refaire sa vie*.

1942 : *Hemmet och stjärnan*, poèmes *(Le Foyer et l'étoile)*.

1944 : *Dvärgen (Le Nain)*, probablement son plus grand succès. Cruelle méditation, sur le mode ironique et dans un style détaché, sur l'éternelle méchanceté humaine. Sorte de pendant au *Bourreau*.

1947 : *De vises sten (La Pierre des sages)*, drame faustien sur le conflit de la science, de la foi et de l'amour.

1949 : *Låt människan leva (Laissez l'homme vivre)*, drame.

1950 : *Barabbas*, récit, inaugure sa phase biblique. Pose de face le problème de Dieu qui va devenir central dans l'inspiration. A donné lieu à une belle adaptation cinématographique américaine, avec Anthony Quinn dans le rôle principal.

1951 : Pär Lagerkvist obtient le Prix Nobel.

1953 : *Aftonland (Pays du soir)*, sans doute son plus grand recueil de poèmes, qui vaut surtout par la douceur et la clarté de la langue. Lagerkvist est tout proche de l'inspiration mystique dans sa méditation sereine sur le néant inadmissible.

1956 : *Sibyllan (La Sibylle)*, directement inspirée de *Barabbas*. Ce récit d'une parfaite simplicité pousse très loin l'art du symbole et l'interrogation sur le sens et la valeur de Dieu.

1960 : *Ahasverus död (La Mort d'Ahasverus)*, le premier de ses « récits de pèlerins » qui engendrera *Pèlerin sur la mer* et *La Terre sainte*, sans que l'on puisse, toutefois, tenir l'ensemble pour un véritable triptyque. Présente la quête de la foi sous un jour plutôt négatif mais joue en maître de l'ambiguïté des images et des thèmes.

1962 : *Pilgrim på havet (Pèlerin sur la mer)*, récit, médite sur l'amour aussi incompréhensible que la foi.

1964 : *Det heliga landet (La Terre sainte) :* la paix de l'âme est réconciliation.

1967 : *Mariamne*, son dernier roman « biblique ».

11 juillet 1974 : mort de Pär Lagerkvist à Danderyd.

1977 : Elin Lagerkvist publie *Antecknat (Notes)*, extraits des carnets de Pär Lagerkvist.

TABLE